Doina Kurras und Daniela Richters

Honeymoon in Vegas – Die gekaufte Braut

Namen:

Glenn Evans	- Reicher Geschäftsmann aus den USA
Michael Evans	- Glenns Vater
Marie Sophie (Mary)	- Mutter von Glenn
Laura Stammer	- Junge Frau aus Hamburg, die ihren Urlaub in den USA verbringt
Patrik Hartmann	- Verlobter von Laura
Gregor Mendes	- Anwalt von Glenn
Birgit Stammer	- Schwester von Laura
Conchita	- Bedienstete von Glenn
Pablo	- Bruder von Conchita

Honeymoon in Vegas – Die gekaufte Braut

Laura Stammer hatte es geschafft: der letzte Arbeitstag und letzte Bericht für die Zeitung waren geschrieben. Ab morgen hieß es, vierzehn Tage Urlaub. Für sie war es der erste Urlaub seit fünf Jahren. Der erste Urlaub mit ihrem Verlobten Patrik und zum ersten Mal nach Amerika. Diese Reise hatten die beiden sich zu ihrem Geburtstag geschenkt. Sie wurde am Tag zuvor fünfundzwanzig und hatte für ihre Kollegen am heutigen Tag ein schönes Buffet ausgegeben. Alle hatten das Essen genossen und ihre Kochkünste gelobt. Es war kurz vor Feierabend und sie räumte alles weg. Die Reste für die Kollegen der Nachtschicht in den Kühlschrank und die leeren Tabletts, Schüsseln und Dosen übereinander gestapelt im Flur auf den Tisch. Sie rief Patrik an, damit er ihr beim Einladen der Sachen ins Auto half, dass sie alles nach Hause transportieren konnte. Patrik, sie nannte ihn auch Paddy, arbeitete in der Druckereiabteilung. Sie hatte ihn vor einem Jahr auf der Weihnachtsfeier kennengelernt. Sofort waren sie auf einer Wellenlänge. Jeder hatte seine eigene Wohnung, aber er lebte überwiegend bei ihr. Den Schritt, zusammen zu ziehen, schaffte Laura bisher noch nicht. Patrik war ein gutaussehender, dreißig jähriger Mann. Er war sehr sportlich und hatte Ähnlichkeit mit Robert Redford in jungen Jahren. Blond, blaue Augen, ein Frauentraum. Er genoss es, dass Frauen sich nach ihm umdrehten und Laura hatte ihre Probleme damit, wenn er sich in ihrem Beisein auch nach anderen Frauen umsah. Er würde nur gucken und das wäre wohl noch erlaubt, entschuldigte er sich jedes Mal bei ihr, wenn sie ihm wieder eine Szene machte. Sie waren jetzt über ein Jahr zusammen und dennoch war dies ein Hauptstreitpunkt zwischen ihnen. Patrik hatte eine Reise nach Las Vegas vorgeschlagen. Als Beweis dafür, dass sie die einzige für ihn ist. Er sagte ihr, dass er sie dort gerne heiraten würde. So müsse sie ihm dann glauben, dass sie die einzige für ihn ist. Laura erhoffte, sich, dass sich alles ändert, wenn sie erst Mann und Frau wären. Er war ihre zweite, feste Beziehung. Nach dem Reinfall mit ihrem Ex, der sie nur als Zeitvertreib während seines Studiums in Deutschland gesehen hatte und sie nach zwei Jahren sitzen ließ, um zurück nach Russland zu fahren, klammerte sie nun an dieser Beziehung. Mit Patrik glaube sie, das große Los gezogen zu haben. Nachdem sie ihn per Handy erreicht hatte, kam er und half, die Tabletts ins Auto zu laden. Er lächelte sie an: „Bereit?" „Bereit!" Sie fuhren nach Hause.

„Hast du schon deinen Koffer gepackt?" Fragte sie, während Patrik den Wagen durch die Straßen dirigierte. „Nein, wann denn? Ich hab genauso gearbeitet wie du."

„Aber wir wollen doch heute Abend schon die Koffer am Flughafen einchecken."

„Ist doch noch Zeit genug," knurrte Patrik genervt, „Bis dahin hab ich meinen Koffer dreimal gepackt."

„Typisch! Immer alles in letzter Minute! Weißt du eigentlich, dass mich das ganz schön nervt?"

„Jaja, hast ja recht, aber sag ehrlich, wann sollte ich das denn machen? Ich war die ganzen Tage immer nur bei dir."

„Soll ich mit zu dir kommen und wir packen zusammen?"

„Brauchst du nicht, das schaffe ich schon alleine." Er klang beleidigt.

„Vergiss nicht deinen Pass, die Am-Ex und…"

„Man, Schluss jetzt, ich vergesse das schon nicht!" Laura wusste, dass Patrik ihre Kontrolle hasste.

„Das sagst du jedes Mal, und jedes Mal vergisst du genau die Sachen, an die ich dich erinnere." Und Laura hasste es, dass Patrik immer alles vergas, trotz Erinnerung von ihr.

„Ja, dann erinnere mich nicht daran, dann würde ich nicht so verrückt gemacht werden und es auch nicht vergessen."

Laura gab auf. Es hatte keinen Sinn, weiter zu diskutieren. Sie schaute zum Fenster hinaus und erblickte die Sparkasse, an der sie vorbei fuhren.

„Ich habe dir auf dein Konto zweitausend Euro überwiesen. Dann können wir von deinem Konto abbuchen und ich brauche meine Karten nicht mitnehmen. Meinst du, das reicht?", sie sah ihn fragend an.

„Glaube schon, dass das reicht. Zur Not hab ich ja auch noch was auf dem Konto. Wichtig ist nur, dass wir die Hochzeit bezahlen können. Es sei denn, du willst mich nicht mehr heiraten."

„Oh, das muss ich mir noch genau überlegen!", sie lachte, „Ringe brauchen wir auch noch, oder hast du die schon gekauft?"

„Du weißt doch, ich lasse alles bis auf die letzte Minute liegen."

Sie schaute wieder nach draußen. „Das hätte ich mir eigentlich denken müssen."

„Außerdem musst du die auch mit aussuchen und probieren. Soll ja schließlich passen und dir gefallen, wenn du ihn dann für den Rest deines Lebens tragen sollst."

Sie hielten bei Laura vor dem Haus. Nachdem er ihr beim Hochtragen der Sachen geholfen hatte, verabschiedete er sich mit einem Kuss und fuhr los. Für den Rest des Lebens hörte sich verdammt lange an, dachte Laura. Ob er wirklich der Richtige für sie war? Oder überstürzte sie jetzt alles, weil sie immer sagte, sie wolle mit fünfundzwanzig verheiratet sein und das erste Kind haben? Um auf andere Gedanken zu kommen, spülte sie die Teller und Tabletts ab, räumte alles weg und packte die letzten Sachen. Patrik würde sie abends um acht Uhr wieder abholen, damit sie zum Flughafen fahren konnten. Als sie fertig mit allem war, die Wohnung noch etwas aufgeräumt und ihr Handgepäck fertig gepackt hatte, überlegte sie, Paddy anzurufen und ihn nochmals an seine Papiere zu erinnern. Aber sie ermahnte sich, ihn nicht wie ein kleines Kind zu behandeln. So ließ sie sich eine Wanne ein und nahm ein entspanntes

Bad. Genau das Richtige, um sich nach einem anstrengenden Tag auszuruhen. Um halb acht rief Patrik an.

„Sag mal, hab ich meinen grauen, dünnen Pulli bei dir gelassen? Ich wollte den morgen auf dem Flug anziehen, finde ihn bei mir aber nicht."

Mit dem Telefon am Ohr lief sie durch ihre Wohnung und suchte ihn.

„Nein, hier ist er nicht."

„Verdammt!"

„Dann zieh doch was anderes an. Vielleicht den schwarzen Pulli?"

„Das ist mir schon klar, dass ich was anderes anziehen muss!", bölkte er genervt und legte auf.

Und den willst du wirklich heiraten? dachte sie ein wenig enttäuscht.

Zehn nach acht kam er zu ihr.

„Also ich habe bei mir alles abgesucht. Der Pulli muss hier bei dir sein!"

Er stampfte regelrecht an ihr vorbei, stolperte fast über ihren Koffer und stürmte direkt ins Schlafzimmer.

„Bestimmt liegt er in deinem Wäschehaufen!"

„Klar, schau nach!"

Völlig gleichgültig warf sie die Arme in die Höhe.

„Ich bin halt zu blöd, um einen Pulli zu finden!"

Aber er reagierte nicht. Stattdessen durchwühlte er ihre Wäsche, den Kleiderschrank, die Schubladen.

„Ha, hier ist ja mein leichter Anzug! Den hab ich auch schon überall gesucht!"

„Hättest du nach dem gefragt, hätte ich dir sagen können, dass er hier ist. Schon seit dem letzten Essen mit meiner Mutter hängt er da."

„Egal, ich zieh mich jetzt um!"

„Bis wann können wir denn die Koffer, abgeben?"

„Wir haben noch Zeit.", rief er auf dem Badezimmer.

Als er umgezogen war und die Suche nach dem Pulli aufgegeben hatte, nahm er ihren Koffer, sie ihre Tasche und sie schauten sich an.

„Na, was ist jetzt schon wieder?" fragte er gedehnt, als er merkte, dass sie etwas sagen wollte.

„Gar nichts, ich wollte dich nur fragen, ob du dich auch so freust. Nur wir beide, ohne Arbeit, ohne Stress. Wir können alles vergessen und brauchen an nichts de…."

„Scheiße! Vergessen!"

„Äh, was?"

„Ich hab meinen Pass zuhause vergessen!"

„Das ist nicht dein Ernst, oder?"

„Und alles deine Schuld, weil du mich wieder erinnern musstest!"

„Ach, jetzt bin ich schuld? Jedes Mal bin ich Schuld, wenn du etwas vergessen hast! Ich glaube langsam, das machst du mit Absicht!"

„Man jetzt hör auf zu zicken. Dann fahren wir eben nochmal bei mir vorbei. Wir haben noch genug Zeit."

„Wenn das im Urlaub so weiter geht, dann überleg ich mir das nochmal mit der Hochzeit."

„Dann sag mir das aber rechtzeitig, damit ich mir die Ringe sparen kann."

Laura war sich unsicher, ob er das ernst meinte, oder Spaß machte. Sie redete sich ein, dass alles nur am Stress der vergangenen Arbeitstage und die Aufregung der bevorstehenden Reise lag. Ihre Eltern hatten sich damals auch jedes Mal kurz vor Abflug in den Haaren gehabt. Für den Rest der Fahrt saßen sie schweigsam nebeneinander. Sie wollte keinen weiteren Streit riskieren. Während Patrik die Papiere aus seiner Wohnung holte, wartete sie im Auto.

„So, jetzt hab ich alles."

„Wollen wir lieber nochmal durchgehen, ob wir wirklich alles zusammen haben?" fragte sie im schlichtenden Ton. Sie betonte auch extra das „Wir", damit er nicht gleich wieder aus der Haut fuhr.

„Also manchmal kannst Du echt nerven."

Das war zu viel.

„Wie bitte?" Sauer sah sie ihn an.

„Also ich hab meine Sachen jetzt und du hackst weiter drauf rum, dass ich was vergessen hab."

„Was meinst du wohl, weshalb ich darauf komme? Du lässt immer irgendwo was rumliegen, findest deinen Pulli nicht, findest deinen Anzug nicht, vergisst deinen Pass und dann sagst du mir, dass ich nerve?"

Er nickte nur.

„Ich würde eher sagen, das ist genau umgekehrt.", fauchte sie ihn jetzt an.

„Man Laura, jetzt hör auf. Ich hab alles. Hier, mein Ausweis, mein Reisepass, meine Kreditkarten", er hielt alles nacheinander hoch.

„Die Tickets hab ich nicht, denn die hast du. Also lass und jetzt zum Flughafen fahren und das Thema abhaken."

Während der Fahrt sagte sie nichts mehr. Sie dachte nach. Soll ich ihn wirklich heiraten? Naja, abgesehen von den Zankereien läuft es ja gut zwischen uns.

Am Flughafen war kaum etwas los und so hatten sie schnell eingecheckt und die Koffer abgegeben, so dass sie entspannt zu Laura nach Hause fahren konnten.

Paddy hatte es sich auf der Couch bequem gemacht, für beide ein Glas Rotwein eingegossen und Laura kuschelte sich in ihrem Pyjama an ihn.
„Dies olle Ding nimmst du aber nicht mit nach Vegas, oder?"
„Paddy?"
„Mmmh?"
„Die Koffer sind schon am Flughafen, vergessen?"
„Glück gehabt", murmelte er in ihr Haar.
Nach ihrem Glas Wein und dem Abendfilm gingen sie zu Bett. Morgen mussten sie früh raus und sauer war sie auch noch ein wenig, so dass sie sich von ihm wegdrehte und so tat, als würde sie schlafen. Nach einem kurzen Moment hörte sie, dass er sich umdrehte und kurz danach schlief.

Der nächste Tag begann um vier Uhr dreißig. Verschlafen machten sie sich fertig, tranken noch einen Kaffee und fuhren per Taxi zum Flughafen. Nachdem sie ohne Verzögerung von Hamburg nach Frankfurt geflogen waren und nun auf ihren Weiterflug nach Amerika warteten, kam Patrik vom Zeitschriftenstand zurück. Er hatte eine Tüte unter dem Arm geklemmt.
„Ich dachte mir, ich besorge uns was für den langen Flug."
Mit einem Grinsen hielt er ihr die Tüte hin. Sie schaute hinein, durchstöberte die Sachen und entdeckte einen Fortsetzungsroman aus der Reihe, die sie so sehr mochte.
„Oh Patrik, ich danke dir. Aber ich dachte, du magst die Reihe nicht?"
„Naja, ich dachte mir, bevor wir uns auf dem Flug vor Langeweile noch streiten, beiße ich lieber in den sauren Apfel und mach mich bei dir beliebt."

Er zwinkerte ihr zu. Während des Fluges las sie in dem Buch. Patrik fragte sie zwischendurch immer, wie ihr das Buch gefiel, was darin denn grad so vorkommt, ob sie etwas trinken möchte und war sehr zuvorkommend. Er selbst hatte sich ein paar Zeitschriften geholt, die er jedoch nach den ersten zwei Stunden komplett durch hatte. So verbrachte er den Flug mit Smalltalk. Er unterhielt sich mit seinen Sitznachbarn, der Stewardess oder machte kleine Wanderungen durch das Flugzeug. Irgendwann stellte er den Sitz nach hinten und schlief. Nach gefühlten hundert Stunden setzte die Maschine sanft auf die Landebahn auf. Sie waren in Amerika, das Land der unbegrenzten Möglichkeiten. Die Kofferausgabe lag hinter ihnen und mitsamt dem Gepäck machten sie sich auf zum Autoverleih, bei dem ihr Leihwagen schon reserviert auf sie wartete. Die Fahrt zum Hotel verbrachten sie lachend und aufgeregt. Sie besprachen, was sie als erstes machen wollten: Shoppen. Dazu hatte sogar Patrik Lust, denn wie er ihr beichtete, hatte er seinen Schlafanzug zuhause liegen gelassen. Als sie im Hotelzimmer angekommen waren, war Laura überwältigt von der Einrichtung. Sie fotografierte jeden Raum mit seinen Details.

„Das würde mir sonst keiner glauben, dass sogar im Badezimmer ein Flatscreen ist", entschuldigte sie sich mit einem Lächeln.

Dann schmiss sie sich auf das Kingsize Bett. Patrik kam zu ihr. Erst lagen sie nebeneinander, dann schlang er den Arm um sie und zog sie näher zu sich.

„Du müffelst", foppte er sie.

Die Strafe kam prompt mit einem Ellbogenstoßer in die Seite.

„Dann geh ich eben duschen."

Sie zog sich aus seiner Umarmung und fing an, sich Stück für Stück auf dem Weg ins Bad auszuziehen. Die Kleidung ließ sie alle paar

Schritte auf den Boden fallen. Aus dem Augenwinkel sah sie, dass Patrik sie vom Bett aus beobachtete, den Kopf auf die Hand gestützt. Sie verschwand im Badezimmer, die Tür so weit geöffnet, dass sie ihn weiterhin durch den Spiegel sehen konnte. Als das letzte Kleidungsstück von ihr mit einer lasziven Handbewegung durch den Türspalt zu Boden gelassen wurde, ließ sie das Wasser an. Sie beobachtete ihn weiter: Er blieb einen Moment lang auf dem Bett liegen. Dann sprang er hinunter, zog sich hastig seine Kleidung aus, stolperte auf dem Weg zur Tür fast über seine Hose, die an den Hacken seiner Füße hängen blieb und polterte dann völlig nackt zur Tür hinein. Laura, die bereits ihre Haare nass gemacht hatte, drehte ihren Kopf seitlich zu ihm und lächelte ihn an.

„Na, auf dem Weg zu mir schon wieder was vergessen?"

Mit einem Grinsen stieg er zu ihr in die Dusche: „Ja, dich."

Eng stellte er sich von hinten an ihren Körper. Seine Hände wanderten zu ihren Brüsten und kneteten sie grob. Seine Finger strichen immer wieder über ihre Brustwarzen, die augenblicklich hart wurden. Sie legte die Arme nach hinten über seine Schultern und umschlang seinen Nacken. Wie ausgehungert küsste er sie am Hals, biss leicht und saugte. Laura entfuhr ein Stöhnen. Mit einer Hand wanderte er über ihren Bauch nach unten zu ihren Beinen, streichelte kurz über ihre Locken und führte dann einen Finger in sie hinein. Stöhnend legte sie den Kopf in den Nacken. Patrik massierte ihre warme Mitte in einem steten Rhythmus. Immer wieder ließ er den Finger rein und raus gleiten. Schneller und schneller. Ihr Atem ging Stoßweiße mit seinen Bewegungen. Als er sie ruckartig zu sich umdrehte, quiekte sie kurz auf vor Schreck. Viel Zeit zum Denken hatte sie nicht. Patrik schob sie an die Wand, drückte seine Lippen auf ihre und stieß seine Zunge in ihren Mund. Wie zwei hungernde saugten sie aneinander, spielten mit ihren Zungen, verknoteten sie. Patriks Hände gingen derzeit ihrer Arbeit nach. Mit einer Hand drückte, knetete und zwirbelte er abwechselnd beide Brüste, während die andere Hand unentwegt mit schnellen Bewegungen zwischen ihren Beinen tanzte. Nicht mehr lange, wusste Laura, dann würde sie kommen. Sie spürte, wie sich die Ladung in ihr aufstaute und kurz davor stand, zu explodieren. Ihre Hände vergruben sich in seinem Haar. Bald würden ihre Beine nachgeben. Der Orgasmus traf sie wie ein Schlag. Binnen Sekunden verließ sie den Boden, stieg auf, explodierte in tausend Einzelteilen, nur um sich gleich darauf wieder zusammen zu fügen und erneut zu explodieren. Das Zucken durchströmte ihren ganzen Körper. Ein abgehackter Schrei verließ ihre Kehle. Um Halt zu finden, zog sie an Patriks Haaren. Er kicherte und erhob sich langsam. Mit glasigem Blick schaute sie ihn an.

„Dir ist klar, dass du noch nicht fertig bist, oder?" Er lächelte fast teuflisch. Seine Erektion war nicht zu übersehen und als er sie auf die Arme hob, drückte sie sich fordernd an ihren Oberschenkel. Vorsichtig trug er sie zum Bett und warf sie auf die weichen Bettdecken. Ehe sie zurückfedern konnte, lag er schon über ihr. Lächelnd nahm er ihre Hände und hielt sie mit einer Hand über ihrem Kopf zusammen. Mit seiner Zunge leckte er ihr über den Körper, saugte die Spuren des Wassers weg. Verharrte hier und da, saugte, knabberte und küsste. Dann legte er sich über sie, schob ihre Beine auseinander und mit einem Grinsen, drang er in sie ein. Sie keuchte vor Entzücken auf, warf ihren Kopf nach hinten und drückte ihm ihren Oberkörper entgegen. Er nahm sie hart. So wie es ihm gefiel. Schneller und schneller verfiel er in Stoßbewegungen, stöhnte. Sie kam ihm entgegen. Winkelte ihre Beine an, schob ihm ihr Becken entgegen und half ihm, tiefer in sie einzutauchen. Ein weiterer Orgasmus kündigte sich an. Sie kam mit einem Schreien, ihr inneres molk ihn und mit einem lauten Stöhnen ergoss er sich in ihr. Zuckend stieß er zwei weitere Mal zu, um sich dann erschöpft auf sie nieder zu lassen. Kurz darauf zog er sich aus ihr zurück und rollte sich neben sie. Gedankenverloren spielte er mit einer Haarsträhne von ihr.

„Das war der beste Sex, den wir bisher hatten!" Sagte Patrik, während sie seinen Blick erwiderte, "und ich muss sagen, ich war gut. Aber Du warst auch nicht schlecht. Zumindest wesentlich entspannter als sonst."

Sie stieß ihm in die Seite.

„Sonst hatte ich ja auch keinen Urlaub. Immer nur Arbeit."

„Hast Du schon gesehen, das Hotel hat sein eigenes Casino. Da gehen wir nachher aber auch mal gucken, oder?"

„Ja, aber erst einkaufen."

„Und etwas essen. Nach dem Flugzeugfraß brauche ich was Ordentliches im Magen."

Patrik schwang sich aus dem Bett, sammelte seine und Lauras Kleidung ein und warf sie ihr zu. Beide zogen sich an. Sie föhnte ihre Haare trocken, band sie zu einem lockeren Zopf und nahm ihre Handtasche.

„Ich wäre dann soweit."

Zusammen schlenderten sie durch die Anlage des Hotel Venetian, entlang an den künstlich angelegten Fleeten, auf denen Gondoliere in ihren Booten Gäste über das Wasser fuhren.

„Damit fahren wir auch mal", entschied Laura für sie beide.

„Aber nicht heute, wir haben noch genug Zeit."

Sie setzten sich auf einen der umzäunten Balkone an einen Tisch, bestellten etwas zu essen und bestaunten die unglaubliche Kulisse des Hotels.

Das Essen war massig und lecker. Laura schaffte nicht einmal die Hälfte und hätte sich, wäre sie in Deutschland gewesen, den Rest am liebsten einpacken lassen. Nach dem Essen bummelten sie durch die kleinen Boutiquen, kauften ein wenig ein und kamen in der Lobby des Hotels am Eingang des Casinos vorbei. Erwartungsvoll sah Patrik sie an.

„Na gut, aber nur eine kleine Runde, denk an unser Tagesbudget." Patrik schien eine Glückssträhne zu haben, denn nach kurzer Zeit gewann er zweiundvierzig Dollar. Seine Begeisterung für die Automaten war geweckt und Laura fiel es nicht leicht, ihn von den Dingern wieder weg zu bekommen.

„Den zweiundvierzig Dollar Gutschein lasse ich mir auszahlen und spendiere uns morgen davon ein Frühstück aufs Zimmer", versprach er ihr auf dem Weg zum Fahrstuhl. Im Zimmer angekommen tranken sie noch ein Glas Sekt aus der Minibar und gingen zu Bett. Der Jetlag machte sich bemerkbar.

Nachts wurde sie durch Berührungen wach. Patrik lag dicht an sie gekuschelt, knetete ihre Brust und liebkoste mit der Zunge ihren Hals. Sie hinterließ ein Kribbeln auf Lauras Haut und sie spürte die Feuchtigkeit, die zurückblieb. Auf ihrer Haut und zwischen ihren Beinen durch ihre entstandene Erregung. Mit seiner anderen Hand strich er ihr Bein entlang, immer näher zur Mitte. Sie stellte sich weiter schlafend und ließ ihn gewähren. Seine Finger schlüpften unter ihren Slip und zogen ihn aus. Vorsichtig kippte er Lauras Körper auf die Seite. Ihr obenliegendes Bein hob er an und mit einer schnellen Bewegung stieß er sein Glied in sie hinein. Sofort begann er mit rhythmischen, immer schneller werdenden Bewegungen. Seine freie Hand knetete weiter ihre Brust und die Finger der anderen krallten sich tief in ihren Oberschenkel. Laura konzentrierte sich auf ihren Körper, wartete auf das Gefühl des herannahenden Höhepunktes, doch bevor dieser sich überhaupt annähernd ankündigte, stöhnte Patrik laut auf, stieß ein letztes Mal zuckend zu und blieb still. Seine Atmung war laut an ihrem Ohr. Einen Moment später zog er sich aus ihr zurück, drückte ihr einen Kuss auf den Hals und drehte sich um. Es dauerte nur eine kurze Zeit, bis sie ihn Schnarchen hörte. Frustriert zog sie sich ihren Slip wieder hoch, wickelte sich in die Decke und starrte die Wand neben sich an.

Am nächsten Morgen wurde Laura durch den Geruch von frischem Kaffee geweckt. Sie blinzelte in die Helligkeit des Raumes hinein und sah neben ihrem Bett einen Teewagen stehen. Er war gedeckt mit vielen, leckeren Köstlichkeiten: Obst, Croissants, Brötchen, Waffeln, Bacon, Pancakes. Daneben standen eine Kanne Orangensaft, eine Kanne Kaffee und ein Kännchen voll mit Milch. Patrik war nirgends zu sehen. Vielleicht im Badezimmer, dachte sie. Sie aß in aller Ruhe von jedem etwas, trank Saft und Kaffee und spürte, wie ihr Körper langsam fitter wurde. Danach ging sie zur Badezimmertür, klopfte vorsichtig an und ging hinein. Sie hatte Patrik in der Badewanne vermutet und wollte zu ihm steigen und sich auf ihre Art für das Frühstück bedanken. Doch als sie die Tür geöffnet und ins Bad getreten war, fand sie es leer vor. Wo war er bloß? Sie ging zurück an den Teewagen, pflückte sich eine Weintraube ab und entdeckte dabei das kleine Kärtchen, das dort lag:

Bin unten im Casino, unser Abendessen „verdienen". Guten Appetit und bis gleich!

Sie schmunzelte, hoffte aber trotzdem, dass er es nicht übertrieb. Nach dem Frühstück ging sie duschen und legte sich anschließend, eingewickelt in den Hotelbademantel auf das Bett. Mit den Weintrauben neben sich zappte sie sich durch das Fernsehprogramm und schaute auf die Uhr. Es waren bereits zwei Stunden vergangen, als die Zimmertür aufschwang und Patrik euphorisch rein kam. In seiner Hand hielt er zwei Spielchecks.
„Guck mal, zwei mal fünfzig Dollar!"
Er wedelte damit herum, sprang aufs Bett und kam zu ihr herüber gekrabbelt.
„Baby, heute Abend machen wir einen drauf!"
Mit einem Lächeln zog er ihr den Gürtel des Bademantels auf, schob ihn zur Seite und küsste sie. Erst auf den Mund, dann den Hals entlang zu ihrem Schlüsselbein, weiter runter zur Brust. Er knabberte und saugte erst an einer Brustwarze, dann an der anderen. Laura schloss vor Verzückung die Augen und drehte ihren Kopf zur Seite. Ihre Hände begannen über Patriks Rücken zu streicheln, bewegten sich weiter nach unten zu seinem Shirt, umfassten es und zogen es hoch zu seinen Schultern. Nur kurz hielt Patrik in seiner Handlung inne, um sich das Shirt auszuziehen. Gleich danach machte er weiter, nachdem er Lauras Blick mit einem spitzbübischen Grinsen erwiderte. Er begann, sich die Hose aufzuknöpfen. Innerhalb weniger Sekunden war er nackt und seine Erektion drückte sich gegen Lauras Beine. Mit einem Knie spreizte er ihre Oberschenkel. Das Vorspiel hörte abrupt auf, als er vom Bett herunter stieg und sie bis an die Bettkannte zu sich zog. Er stand vor dem hohen Bett,

umfasste ihre Beine und drückte sie fest links und rechts an seine Seite.

„So etwas wollte ich schon immer mal machen. Aber bisher waren die Betten immer zu niedrig."

Er streichelte ihr mit dem Finger an der Innenseite der Beine entlang. Vom Knöchel bis hin zu dem Punkt, der ihm derzeit am wichtigsten schien. Dann hielt er sie fest und drang kräftig in sie hinein. Laura stöhnte laut auf und sofort verfielen sie in einen gemeinsamen Rhythmus. Sie bekam eine Gänsehaut, ihre Körper klatschten aneinander und sie beobachtete, wie sich Schweißperlen auf Patriks Stirn bildeten. Er wurde immer schneller und schneller. Während Patrik sich laut stöhnend in ihr ergoss, hatte auch sie ihren Orgasmus. Erschöpft ließ er sich auf sie hinab sinken und sie fühlte sich begraben unter seinem Gewicht. Erdrückt, aber doch glücklich.

Sie schritten händchenhaltend in die Lobby.

„Hast du die Pille eigentlich auch eingepackt?"

„Natürlich! Wieso fragst du?" flüsterte sie ihm zu.

„Naja, kaum sind wir hier, fällst du über mich her und treibst es mit mir, wie die Karnickel."

„Schh", zischte sie, „geht's auch etwas leiser? Wir sind hier nicht allein"

„Wieso?" er drehte sich mit ausgebreiteten Armen lachend vor ihr im Kreis, „hier spricht doch eh keiner deutsch, also wird uns auch keiner verstehen, wenn wir sagen, dass wir es wie die Karnickel treiben."

Laura spürte, wie ihr die Schamesröte ins Gesicht stieg. Die Leute schauten sie beide an. Ob sie es taten, weil Patrik so eine Show abzog oder weil sie ihn verstanden, war Laura egal. Es war ihr furchtbar unangenehm, dass er sie hier vor allen Leuten mit seinem Verhalten blamierte. Schnell ging sie aus der Lobby hinaus.

„Ey, wo willst du hin?" Patrik lief ihr hinterher.

Abrupt blieb sie stehen und drehte sich um, so dass Patrik fast in sie hinein rannte.

„Mach das nie wieder!" zischte sie ihn an.

„Was denn?"

Er hob beschwichtigend die Arme in die Höhe.

„Mich hier so bloßzustellen! Spinnst Du?"

„Hey, aber wenn das die Wahrheit ist? Ich mach mir eben auch so meine Gedanken: Zuhause ist meine Freundin Nonne in Person und kaum sind wir im Urlaub und wollen heiraten, wirst du zur Nymphomanin. Sei ehrlich, du willst nicht nur verheiratet, sondern auch noch schwanger nach Hause."

Ehe sich Laura versah, hatte sie im eine geknallt. Sie hatte schneller reagiert, als sie denken konnte. Die Wange reibend, sah Patrik sie erschrocken an.

„Deine Nymphomanin, wird jetzt ins Zimmer gehen. Wenn du den Patrik findest, der sonst höflich und ordentlich mit mir spricht, kannst du ihm sagen, dass ich nur ihn auf dem Zimmer haben möchte. Nicht den Patrik, der vor Vulgärheit und Machomanie strotzt."

Mit diesen Worten ließ sie ihn in der Hotellobby stehen und ging wütend zurück auf ihr Zimmer. Kaum hatte sie die Tür hinter sich geschlossen, liefen ihr die Tränen hinunter. Sie warf sich aufs Bett und weinte bitterlich. So hatte sie Patrik noch nie erlebt und so würde sie nicht mit ihm zusammen bleiben wollen. Nach einiger Zeit klopfte es leise an der Tür und kurz danach kam Patrik vorsichtig hinein.

„Laura, ich möchte mich entschuldigen. Wir sind erst zwei Tage hier und schon streiten wir nur. Wir wollten uns doch eine schöne Zeit hier machen. Es tut mir wahnsinnig leid. Komm, lass uns das alles vergessen und die restlichen zwölf Tage so schön wie möglich machen."

Laura sah ihn durch einen Tränenschleier an.

„Ich werde dich nicht mehr enttäuschen, das verspreche ich dir", sagte er und kam zögernd auf sie zu. Vorsichtig streckte er die Hände aus und nahm sie in den Arm.

„Ich möchte heute etwas Zeit alleine verbringen. Ich muss Nachdenken."

„Okay, du hast vielleicht Recht. Wir nutzen den Tag, um wieder zur Besinnung zu kommen. Lass uns dann heute Abend zum Essen treffen."

Patrik gab ihr einen Kuss auf die Stirn und verließ das Zimmer. Nachdem die Tür hinter ihm zu fiel, bekam sie ein schlechtes Gewissen. War es wirklich richtig, ihn so abzufertigen? Wo würde er jetzt hingehen? Das Zimmer gehörte ihnen schließlich zusammen. Wie sollte es jetzt weiter gehen? Sie dachte den ganzen Tag über ihre Beziehung nach. Wie würde ihre gemeinsame Zukunft aussehen? Laura erinnerte sich an den Tag, als sie sich kennengelernt hatten: Sie sahen sich das erste Mal auf einer Weihnachtsfeier. Ziemlich angeduselt durch den Alkohol fanden sie sich gegenseitig sehr anziehend und witzig. Sie wollten nach Ende der Feier zu ihr. Doch Patrik schlief im Taxi während der Fahrt ein und so fuhren sie zu ihm nach Hause. Zusammen mit dem Taxifahrer brachte sie ihn in seine Wohnung. Sie blieb die Nacht bei ihm und bemutterte ihn in seinem Brausebrand. Am nächsten Morgen versorgte sie ihn mit Aspirin und machte Frühstück. Als es ihm besser ging, verführte er sie und sie ließ es zu. Jetzt, wenn sie so über die erste Begegnung nachdachte, ärgerte sie sich: Wieso musste sie immer Mitleid mit solchen Männern haben? Warum konnte sie nicht mal einen normalen Mann kennenlernen, anstatt immer nur betrunkene Machos. Sie musste zugeben, bei Machos und Bad Boys wurde sie eher schwach. Aber tat ihr das auch wirklich gut? Sie wollten diesen Urlaub nutzen, um sich besser kennen zu lernen. Sie war sogar bereit gewesen, ihn zu heiraten und für den Rest ihres Lebens treu zu sein. Doch so, wie sich das Blatt gewendet hatte, war sie sich nicht mehr sicher, ob es das war, was sie wollte. Vor allem, ob er der war, den sie wollte. Laura dachte an ihre Kollegen und Freunde, die sich alle sicher waren, dass sie verheiratet aus Las Vegas wieder kommen würden. Eiskalt lief ihr ein Schauer den Rücken hinunter, als sie daran dachte, wie jeder ihnen gratulieren würde. Wie sollte sie erklären, dass es nicht zu einer Eheschließung gekommen war? Doch dann ermahnte sie sich, mit den negativen Gedanken aufzuhören. Das waren nur Unsicherheiten, weil sie so kurz vor einer Hochzeit stand. Die letzten Zweifel, die jede Braut hatte. Vielleicht stritten sie deshalb so viel?

Als es Abend wurde, machte sie sich fertig und ging zur verabredeten Zeit ins Restaurant. Von Patrik war weit und breit nichts zu sehen und nachdem sie länger alleine am Tisch saß und wartete, bestellte sie sich ihr Essen. Mit fast einer Stunde Verspätung kam Patrik an ihren Tisch. Er war völlig außer Atem und entschuldigte sich mehrfach für seine Unpünktlichkeit. Es war fast so, als hätten sie ihr erstes Date. Ein wenig schüchtern saßen sie sich gegenüber, Laura beobachtete Patrik beim Essen und sie sprachen über belangloses. Nicht aber über ihren Streit am Vormittag. Das Essen ließen sie sich auf die Hotelrechnung schreiben.

„Und was machen wir jetzt? Der Abend ist noch jung."

„Naja, Du wolltest doch gegenüber in das Casino", sagte Laura, „dann lass uns das doch machen. Aber nur mit dem Tagesbudget."

Sie hatte sich vorgenommen, die nächsten Tage kein Spielverderber zu sein und den Urlaub zu genießen.

„Ja, das finde ich gut."

„Ich gehe nur kurz aufs Zimmer und hole hundert Dollar. Mit den anderen hundert Dollar, die du heute Morgen gewonnen hast, sind es dann die täglichen zweihundert."

Als sie aufstehen wollte, griff er nach ihrem Handgelenk.

„Ich muss dir da was beichten."

Sofort waren ihre Alarmglocken aktiviert. Aber sie blieb ruhig.

„Und was?"

„Nach unserem Streit heute Morgen war ich so sauer, dass ich die Gutscheine eingelöst und spielen gegangen bin. Ich hab die hundert Dollar verspielt."

Sie atmete tief ein und aus, damit sie nicht ausflippte. Schön ruhig bleiben, dachte sie.

„Na gut", brachte sie zwischen zusammengepressten Zähnen hervor, „dann hole ich eben zweihundert Dollar."

Sie ging nach oben, während sie sich in Gedanken aufregte. Im Zimmer zog sie sich etwas anderes an, nahm die Kreditkarte und steckte sie in ihre Handtasche. Als sie unten in die Hotellobby kam, stand Patrik schon völlig aufgeregt am Fuß der Treppe.

„Na Lady, wollen wir?"

Er hielt ihr seinen Arm hin und sie hakte sich ein. Gemeinsam betraten sie das Casino und sie war überwältigt. Einarmige Banditen, soweit das Auge reichte. Mehrere Reihen, in denen die Hocker akkurat aufgereiht waren. Ein Spieltisch stand neben dem anderen, der Teppichboden sah aus, wie aus dem Orient und die Decke, die auf vielen, verschnörkelten Säulen saß, war mit ebenso viel Stuck und Details versehen. Sie kam sich vor, wie im Hollywoodfilm. Dass sie nur ein bescheidenes Einkommen besaß, vergas sie für einen Moment. Sie war fasziniert und schaute sich lange um. Patrik wurde an ihrer Seite ungeduldig.

„Los, komm mit. Ich will dir meinen Glücksautomaten zeigen!" Er zog sie mit sich zu den Einarmigen Banditen. Wie eine Trophäe präsentierte er ihr stolz einen dieser Kästen.

„Und, was sagst du?"

„Was soll ich schon sagen. Ist ein Automat. Hübsch."

„Und an diesem Baby hab ich heute Morgen die hundert Dollar gewonnen."

„Und verloren", stellte sie nüchtern fest.

„Ne, das war da hinten, an einem der Black Jack Tische. Ich hab auch schon für mich entschieden, dass Black Jack kein Spiel für mich ist."

„Ach, hast du das? Na das ist ja schön."

Sie hatte keine Lust, die ganze Zeit neben ihm zu stehen und ihm zuzusehen, wie er den Automaten mit Geld fütterte und in einer lethargischen Bewegung versank.

„Du, ich geh mal da hinten zu den Roulette Tischen."

„Jaja."

Zu vertieft war Patrik, als dass er mitbekam, was Laura sagte. Sie löste sich aus der Menge der Automaten und steuerte zaghaft auf die Spieltische zu. Dabei beobachtete sie die vielen Menschen, die an den Spielen verzweifelten, vor Glück jubelten oder ernst grübelten. Die

Roulettetische waren alle besetzt und sie suchte nach einem freien Platz. An einem Tisch stand ein freier Stuhl und auf Englisch fragte sie den Mann zu ihrer rechten, ob der Platz noch frei wäre. Er musterte sie erst von oben bis unten, dann strahlte er über das ganze Gesicht, zwinkerte ihr zu und meinte: „Aber natürlich. Für so eine hübsche Lady ist immer ein Platz an meinem Herzen frei!"
Laura wurde rot, nickte ihm kurz zu und erhaschte einen flüchtigen Blick auf ihn. Sie fühlte ein Knistern, als sich ihre Blicke für einen kurzen Moment trafen. Er war recht groß, muskulös gebaut, hatte dunkles, zerzaustes Haar, das so aber genau richtig aussah. Er trug vornehmen Anzug und Laura schätzte ihn auf Mitte Dreißig. Sie setzte sich auf den Stuhl und schaute über den Roulettisch. Als sie seine vielen Spielchips in Türmchen aufgereiht vor ihm liegen sah, war es ihr unangenehm, ihr bisschen Geld auf den Tisch zu legen. Sie entschied sich, nur zuzusehen und nicht selbst zu spielen.
„Eine so hübsche Frau an meiner Seite, das bringt mir bestimmt Glück."
Zaghaft lächelte sie ihn an und wendete den Blick schnell wieder ab. Es war ihr unangenehm, Komplimente eines fremden Mannes zu bekommen. Sie merkte, wie sein Blick längere Zeit auf ihr ruhte.
„Das glaube ich kaum, ich habe bisher noch nie gespielt."
„Na dann haben sie bestimmt Anfängerglück. Wissen sie, wie das Spiel geht? Soll ich es ihnen erklären?"
„Ich schau erst ein wenig zu."
„Dann sagen sie mir eine Zahl, auf die ich wetten soll."
Laura schaute über die Zahlen.
„Dreizehn"
Ohne mit der Wimper zu zucken, ließ er fünfhundert Dollar in Jetons auf die von ihr genannte Zahl legen.

„Rien ne va plus! No more bets!"

Der Mann neben ihr zwinkerte Laura zu. „Jetzt bin gespannt."

Die Kugel wurde in den Cuvette getan und nach einiger Zeit kam sie mit einem Klötern in einem der Zahlenfächer zum Stehen.

Es war tatsächlich die dreizehn.

„Na also", sagte er selbst ein wenig verblüfft.

Schien aber schnell die Fassung wieder zu gewinnen.

„Ich sagte doch, sie bringen mir Glück."

Nachdem ihm der Gewinn zugeschoben wurde, teilte er die Jetons in zwei Hälften und schob ihr eine davon zu.

Fragend sah sie ihn an.

„Ihr Gewinn. Schließlich habe ich ihnen das zu verdanken, dass es fünfhundert Dollar mehr sind."

„Aber. Nein! Das kann ich nicht annehmen. Wirklich nicht."

Sie versuchte, ihm die Spielchips zurück zu schieben, aber er legte seinen Arm dazwischen, so dass die Stapel dagegen stießen und umfielen.

„Glauben sie mir, das können sie ruhig annehmen." Er zwinkerte ihr wieder sein charmantes Lächeln zu.

Sie gab sich geschlagen und bedankte sich bei ihm.

„Und nun? Auf welche Zahl soll ich jetzt setzen?"

Es war ihr unangenehm, für den neben ihr fremden Mann die Glücksfee zu spielen. Was, wenn sie jetzt daneben liegen würde? Aber dann könnte sie ihm die fünfhundert Dollar zurückgeben und hätte kein schlechtes Gewissen mehr. Und er würde nicht nochmal den Fehler machen, jemand fremdes sein Vermögen zu geben. Sie sah zu ihm hoch und entdeckte, dass er noch immer auf eine Zahl wartete. Na gut, spielen wir das Spiel also mit, dachte sie.

„Geht auch die Null?"

„Klar geht auch die Null. Soll sie es sein?"

Sie nickte. Wieder ließ er einen Stapel Jetons auf die von ihr genannte Zahl legen.

„Rien ne va plus! No more bets."

Die Kugel rollte und rollte in der Cuvette und sie wurde immer nervöser. Na los, fall schon in eine andere Zahl. Mach schon! Es klöterte kurz, die Kugel stoppte und als das Rad endlich langsamer wurde, nannte der Croupier laut und deutlich die null. Laura entwich ein lauter Schrei der Freude und sie sprang auf. Sofort war es ihr peinlich. Sie fühlte sich beobachtet und setzte sich schnell wieder hin. Dabei wich sie dem Blick ihres Tischnachbarn aus. Sie spielten nach diesem Prinzip noch einige Runden weiter und sie wurde von Partie zu Partie offener und fröhlicher. Laura hatte das erste Mal seit ihrem Aufenthalt in Las Vegas richtig Spaß gehabt.

„Hey Laura, hier steckst du also!" Patrik drängelte sich zwischen ihr und ihrem Spielpartner. An ihn hatte sie gar nicht mehr gedacht. Sie tadelte sich innerlich, mit einem fremden Mann gespielt zu haben, während ihr Verlobter nur wenige Meter entfernt war.

„Oh, hallo Patrik."

„Du hör mal, sind das alles deine Chips?" er zeigte mit dem Finger auf den Haufen vor ihr. „Das trifft sich nämlich gut, ich habe leider kein Geld mehr. Der blöde Automat war nicht auf meiner Seite."

In Anwesenheit des netten Amerikaners neben ihr war ihr der Kontakt zu Patrik plötzlich unangenehm und sie gab ihm schnell ihre hundert Dollar, die sie für sich mitgenommen hatte. Patrik war so schnell wieder verschwunden, wie er aufgetaucht war. Sie konnte ihm keinen Tadel oder Ermahnung, sparsamer mit dem Geld umzugehen, hinterher rufen.

„War das ihr Mann?"

„Mein Verlobter", korrigierte Laura.

„Er sollte sie lieber mit zu den Automaten nehmen, dann hat er vielleicht mehr Glück."

Wieder dieses verschmitzte Lächeln. Es gefiel ihr.

„Ich bin aber auch unhöflich, tut mir leid, wenn ich so neugierig und direkt bin. Kann ich das vielleicht mit einem Drink wieder gutmachen? Was möchten sie trinken?"

Mit einer Handbewegung rief er die Kellnerin zu sich, gab eine Bestellung auf und widmete sich wieder Laura.

„Na, welche Zahl soll die nächste sein?"

Auch die nächsten zwei Runden waren sie erfolgreich. Die Jetons stapelten sich immer höher und sie wurde von ihm aufgefordert, ruhig schon einige in ihre Tasche zu packen, damit sie die nachher einlösen konnte.

„Jetzt war ich die ganze Zeit ihre Glücksfee und weiß gar nicht ihren Namen."

„Oh verzeihen sie, wie unaufmerksam von mir. Mein Name ist…"

„Komm Laura, lass uns gehen, bevor ich den Automaten noch in Stücke haue!" Patrik griff nach ihrem Arm und zog sie mit sich. Sie kam gar nicht dazu, all ihre Jetons einzupacken.

„Tut mir leid, ich muss gehen", sagte sie hastig zu ihrer Tischbekanntschaft.

„Gute Nacht, Laura. Ich hoffe, sie bringen mir morgen Abend wieder Glück."

„Das Glück wird aber nicht jeden Abend dabei sein."

„Wenn sie bei mir sind, ist auch das Glück da. Aber nun sagen sie mir noch schnell eine Zahl."

„Dreizehn!" rief sie ihm zu, während Patrik sie immer mehr von ihm entfernte.

Patrik stürmte in großen Schritten zum Casino Ausgang.

„Halt! Jetzt warte doch mal!" Sie stemmte sich in die entgegengesetzte Richtung, um ihn zu stoppen.

„Was ist?"

„Ich muss meine Jetons noch einlösen." Und zum Beweis hielt sie ihm fünf Chips entgegen.

„Warte in der Lobby. Ich bin gleich da."

Ohne zu antworten ging er nach draußen. Laura blickte sich noch einmal um zum Roulettetisch und hörte, wie die Zahl dreizehn verkündet wurde. Der Platz, an dem sie saß, war bereits wieder besetzt. So kurz war ich also nur das Glück dieses Mannes, dachte sie und war erstaunt darüber, dass sie enttäuscht war. Sie tauschte die Jetons in einen Auszahlungsscheck ein und ging zu Patrik in die Lobby.

„Wer war der Kerl eigentlich neben dir? Kennst du den?"

„Keine Ahnung, wer das war."

„Ach komm, erzähl mir nichts, du hast dich doch mit ihm unterhalten. Wolltest eben ja gar nicht weg von ihm."

„Ich kenne ihn wirklich nicht!", sie wurde sauer.

„Ach, aber verabredest dich mit ihm schon für morgen Abend. Dafür, dass du ihn nicht kennst, gehst du aber ran."

„Jetzt hör mal auf! Ich habe mich nur dorthin gesetzt und er fragte mich nach Zahlen, auf die er spielen sollte. Ich war sozusagen sein Glücksbringer und hab mit ihm zusammen gespielt."

„Na toll, und mit ihm unser Geld verspielt!"

„Unser Geld?" sie fauchte ihn an. „Unser Geld hast du verspielt. Ich habe dir meine hundert Dollar gegeben. Schon vergessen?"

„Erinner mich bloß nicht daran", zischte er zurück.

„Und woher hast du dann die Chips, wenn du nicht gespielt hast?"

„Die habe ich von ihm als Dankeschön bekommen, weil ich ihm Glück gebracht hatte."

Jetzt wurde Patrik neugierig.

„Wie viel ist es denn?" Er beugte sich vor, um einen Blick in den Scheck zu erhaschen.

„Zweitausend Dollar", sagte sie und steckte den Scheck tief in ihre Handtasche, „Es wäre sogar mehr, wenn du mich nicht so schnell weg gezogen hättest."

„Was? Los, lass uns wieder zurück zum Tisch. Der scheint steinreich zu sein, wenn er dir mal eben so viel abgibt."

Sofort wollte Patrik mit ihr zurück, aber sie hielt ihn davon ab.

„Na komm, wenigstens die Hälfte können wir doch noch zum Spielen nehmen."

„Nein, du hattest heute schon zweihundert Dollar. Das ist jetzt mein Geld und ich hab damit schon meine Pläne."

Nur widerwillig ließ er sich von ihr zum Hotelzimmer hinauf begleiten. Sie spürte, wie gerne er dem einarmigen Banditen weiterhin die Gelenke auskugeln wollte. Im Zimmer zogen sie sich um und er legte sich zum Fernsehgucken ins Bett. Laura hatte keine Lust, neben ihm zu liegen und wohlmöglich wieder mit ihm zu schlafen. Ihr war nach diesem Tag einfach nicht danach. Außerdem ging ihr die ganze Zeit der Mann aus dem Casino durch den Kopf. Ob er noch immer da unten saß und spielte? Welchen Namen hatte er? Leider hatte Patrik ihn dabei unterbrochen, als er seinen Namen nennen wollte. Nachdem Patrik eingeschlafen war und munter vor sich hin schnarchte, nahm sie sich ihr Kissen und ihre Decke und kuschelte sich auf das große, gemütliche Sofa. Sie legte sich ein Buch offen an die Seite, um mögliche Diskussionen am nächsten Morgen zu vermeiden und deckte sich zu. Der Schlaf legte sich wie ein dunkler Schleier über sie und zog sie in einen traumlosen Zustand.

Am nächsten Morgen wachte sie vor Patrik auf. Sie schlich leise ins Bad, wusch sich, zog sich an und ging unruhig im Wohnzimmer auf und ab. Sollte sie ihn wecken? Ihr Blick fiel auf ihre Handtasche und sie zog den Scheck hervor.
„Was hast du mit dem vielen Geld vor?" Patrik lehnte auf seinem Arm und schaute zu ihr rüber. Laura zuckte mit den Schultern.
„Ich weiß noch nicht. Ich sollte dem Mann heute Abend das Geld lieber zurückgeben."
„Ach was! Wenn er dir das Geld geschenkt hat, kannst du es auch behalten."
Sie überlegte. Bisher hatte sie sich noch keine Gedanken über die Verwendung gemacht.
„Hm, vielleicht werde ich mir davon ein schönes Kleid für Birgits Hochzeit kaufen. Heute Abend könnten wir nett essen gehen. Und", sie zögerte einen Moment, „einen Safe mieten, damit ich das restliche Geld sicher verwahren kann."
„Musst du wissen, ist schließlich dein Geld."
Patrik sagte das so gleichgültig, dass sie einen Moment brauchte, seinen Satz zu verstehen. Gestern noch wollte er es sofort wieder ausgeben und war kaum zu bremsen. Heute war es ihm egal? Nach dem Frühstück ging sie zur Rezeption, mietete den Safe und schloss den größten Teil des Geldes ein. Dann planten sie gemeinsam den Tag. Sie fuhren per Touristen Shuttle durch Las Vegas und ließen sich die verschiedenen Sehenswürdigkeiten erklären. Überall waren Hochzeitskapellen zu sehen.

„ Hier sehen sie die „A Special Memory Chapel". Die Hochzeitskapelle wurde im Jahre 1996 im Neu-England Stil gebaut. In der Zwischenzeit ist die Kapelle wegen ihrer besonderen Atmosphäre und Lage als Drehort für mehrere bekannte Filme als Kulisse ausgewählt worden." Die Stimme der Reiseführerin hallte monoton durch den Bus.

„Viele Berühmtheiten haben in dieser Kapelle den Bund fürs Leben geschlossen oder auch erneuert. Die Brautpaare sind von der stilvoll und elegant eingerichteten Kapelle begeistert."

„Na, sollen wir die Notbremse ziehen und sofort rüber gehen zum Heiraten?" Patrik grinste sie an.

„Psst, leise. Lass uns doch erst mal die Fahrt beenden", zischte sie ihn an.

„Also willst du gar nicht mehr heiraten." Er war beleidigt.

„Das hab ich nicht gesagt, aber jetzt machen wir doch eine Rundfahrt und schauen erst mal. Außerdem wollte ich noch einkaufen und meinst du nicht, dass wir uns auch erst erkundigen sollten, was wir an Papieren für eine Hochzeit brauchen?"

„Jaja, hast ja Recht." Dennoch blieb er vorerst schweigsam.

„Und hier sehen sie die Graceland Wedding Chapel. Das Juwel unter den wenigen historischen Kapellen am Las Vegas Boulevard. Eine der traditionellsten und der berühmtesten Kapellen der Stadt! In dieser kleinen und romantischen Kapelle haben sich schon der berühmte Sänger Bon Jovi und seine Frau das "Ja-Wort" gegeben. Selbstverständlich gibt es auch hier die Hochzeit mit dem "King of Rock n´ Roll"."

„Laura, das wär's doch! Getraut werden von Elvis!"

Sie sah ihn nur an und er hob beschwichtigend die Arme.

„Ja, ich weiß, erst die Rundfahrt, dann shoppen und dann erkundigen."

Laura schaute wieder nach draußen auf die fantastische Kulisse Las Vegas. Selbst am helllichten Tag verzauberte diese Stadt mit ihren imposanten Gebäuden und den vielen Werbeschriftzügen. Der Fotoapparat war im Dauereinsatz und Laura konnte es kaum erwarten, in der Nacht durch die Straßen zu gehen. Nach der Fahrt durch Las Vegas bummelten sie von Geschäft zu Geschäft. Sie fand in einer der Boutiquen auch ein Kleid, wie sie es sich vorgestellt hatte. Azurblau, in Wellen bis zum Boden fließend. Das Dekolleté tief geschnitten und den Stoff oben an den Schultern eng zusammen gebunden. Patrik war begeistert und bat sie, das Kleid abends zum Essengehen zu tragen.

„Wenn wir dann nach dem Essen nochmals ins Casino gehen, wirst du deinem Verehrer in diesem hübschen Kleid bestimmt so sehr den Kopf verdrehen, dass er dir noch mehr von seinem Geld abgibt."

„Du und deine Wahnvorstellungen", sie lachte. Auch wenn es sie ärgern sollte, dass er den fremden Mann als ihren Verehrer betitelte, so war es doch ein Kompliment, dass er sie in diesem Kleid umwerfend fand. Aber jetzt, als Patrik damit anfing, fragte auch sie sich, was der Amerikaner wohl sagen würde. Vielleicht sah er so etwas aber auch jeden Tag und es beeindruckte ihn gar nicht? Bestimmt war er heute nicht da und hatte es gestern nur aus Höflichkeit zu ihr gesagt. Männer redeten viel, um eine Frau zu imponieren. Mit dem Kleid im Gepäck spazierten sie den Las Vegas Boulevard entlang. Patriks Schritte wurden plötzlich schneller und er zog sie regelrecht hinter sich her.

„Jetzt wollen wir uns doch mal erkundigen, was man zum Heiraten noch so braucht, als eine Braut und einen Bräutigam."

„Aber nur fragen. Heiraten werden wir zum Ende unseres Urlaubs."
Zusammen traten sie aus der Hitze der Straßen in das kühle Büro.
Ein riesiger Ventilator in weiß drehte sich unermüdlich an der Decke.
An einem breiten Schreibtisch saß eine Frau Mitte fünfzig, mit hochgestecktem Haar, dezentem Make Up und warmen Augen, die sie über eine Lesebrille hinweg ansahen.
„Guten Tag, was darf ich für sie tun?"
Patrik übernahm das Gespräch.
„Guten Tag, wir überlegen, hier in Las Vegas zu heiraten und wollten uns erkundigen, was sie für Papiere von uns brauchen. Außerdem würden wir gerne wissen, ob die Trauung in Deutschland anerkannt wird und wie schnell wir bei ihnen einen Termin bekommen können. Würde das spontan gehen oder müssten wir vorher reservieren."
Laura verdrehte die Augen, bei seiner Wortwahl. `vorher reservieren´, das hörte sich an, als würden sie irgendwo einen Tisch zum Essen reservieren. Die Dame nickte freundlich und fing dann an zu erklären: „Wir benötigen von ihnen lediglich ihren Pass. Sie werden von einem staatlich geprüften und anerkannten Standesbeamten getraut. Nach der Trauung bekommen sie die Papiere, die von uns und ihnen unterschrieben werden. Damit müssen sie zu dem Standesamt ihrer Stadt gehen und dort die Eheschließung eintragen lassen. Einen Termin müssen sie bei uns nicht reservieren. Sie kommen einfach mit ihren Papieren hierher und je nachdem, wie voll es ist, müssen sie dann warten. Ich empfehle ihnen aber, nicht abends an den Wochenenden zu kommen. Dann haben wir hier oft sehr viel Trauungen."
Sie gab ihnen ein Prospekt mit und sie verließen wieder das kühle Büro. Draußen legte Patrik seinen Arm über ihre Schulter und zog sie an sich ran.

„Wir können ja noch zu den anderen Kapellen gehen und dort fragen. Dann suchen wir uns die schönste raus."

„Die schönste oder die billigste?" Sie sah ihn an.

„Na hör mal, das soll doch schließlich der schönste Tag in unserem Leben werden. Da ist mir nichts zu teuer."

Laura zweifelte aber ein wenig daran.

„Dann sollten wir unser Budget aber niedriger einteilen, damit wir am Ende noch genügend Geld für eine schöne Hochzeit haben."

„Da mach ich mir keine Sorgen. Wenn du abends deinen amerikanischen Verehrer triffst und ihm weiterhin so viel Glück bringst, können wir sogar unsere Familien einfliegen lassen und eine große Hochzeitsfeier arrangieren."

„Na du lebst aber weit hinterm Mond, oder? Lass uns lieber realistischer denken. Wer sagt uns, dass der Mann heute Abend wirklich wieder dort ist?"

Sie spazierten weiter durch Las Vegas, gingen in verschiedene Geschäfte und sie fand passende Schuhe zu ihrem neuen Kleid. Als sie zögerte, diese zu kaufen, ermutigte Patrik sie.

„Na komm, wann hast du sonst die Gelegenheit, so tolle Schuhe zu kaufen. Wer weiß, ob du nochmal solche findest und jetzt kannst du sie dir doch leisten."

Sie ließ sich überreden und Patrik trug ihr die Tüten aus dem Geschäft.

Im nächsten Schaufenster sah sie eine Tasche, die ihr sehr gut gefiel.

„Kauf sie dir doch ruhig. Schließlich hast du das Geld."

„Paddy, die kostet dreihundert Dollar. Ich wollte von dem Geld noch etwas essen und Kleinigkeiten kaufen. Soviel Geld hab ich nicht mit", flüsterte sie ihm zu, „ich hab doch das meiste in den Safe geschlossen."

„Na und? Dann zahl ich das jetzt mit Karte und du gibst mir das im Hotel zurück."

Kurz danach kam sie mit neuer Tasche über ihrer Schulter heraus und fühlte sich richtig gut. Sie kaufte sich in einer anderen Boutique noch einen schönen, großen Sommerhut, ein Halstuch und Patrik spendierte ihr ein passendes Armband. In einem Café tranken sie Cappuccino, aßen etwas und genossen das gute Wetter. Auf Lauras Schultern bildete sich eine leichte Rötung und sie band sich das Tuch so, dass ihre Schultern der Sonne nicht weiter ausgesetzt waren. Sie verbrachten einen wundervollen Tag zusammen und hatten viel Spaß. Überall fotografierte Laura die Gebäude, die Hotels mit ihren imposanten Verzierungen und machte Bilder von sich und Patrik vor der Kulisse Las Vegas.

Am Abend kamen sie zurück ins Hotel. Sie breitete ihre Einkäufe auf dem großen Kingsize Bett aus und betrachtete sie stolz. Dann rechnete sie alles zusammen und stellte fest, dass sie von den Tausend Dollar, die sie mitgenommen hatte, nur noch fünfzig übrig hatte. Schon bekam sie Gewissensbisse. In Hamburg hätte sie niemals so viel Geld für so wenig Sachen ausgegeben.

„Das Kleid werde ich beim Essen nicht anziehen. Was ist, wenn ich mich bekleckere? Dann hab ich nichts Schönes mehr fürs Casino."

Patrik stimmte ihr zu und so zog sie sich Hose und Oberteil an. Zusammen setzten sie sich im Restaurant an den ihnen zugewiesenen Tisch. Während sie auf ihr Essen warteten, beugte sich Patrik zu ihr rüber.

„Was hältst du davon. Wir gehen nach dem Essen nochmal hoch aufs Zimmer und notieren uns, was wir für die Hochzeit alles brauchen. Dann rechnen wir aus, was das kosten würde und legen das Geld auf die Seite. Den Rest vom Geld können wir in den nächsten Tagen in Ruhe ausgeben."

Sie war einverstanden. Während des Essens machten sie bereits Pläne und Patrik notierte sich alles auf einem Zettel, den er in der Hosentasche fand.

„Wir haben jetzt noch eine Stunde Zeit.", sagte er, als sie aus dem Restaurant zurück in die Lobby kamen, „reicht das aus, bis du dein Date mit dem Ami hast?"

Erst wusste sie nicht, was er mit der Stunde meinte, doch als sie den Zettel in seiner Hand sah, fiel es ihr wieder ein. Die Hochzeitsplanungen.

„Das ist kein Date. Ich hab doch schon gesagt, dass ich nicht glaube, dass er heute wieder da ist."

„Aber wenn er da ist, brauchen wir ihn ja nicht warten lassen, oder?"

„Eine Stunde reicht."

Oben im Zimmer setzten sie sich auf das Bett, legten den Schreibblock zwischen sich und machten sich Notizen. Den Zettel, den er im Restaurant beschrieben hatte, legte er dazu. Patrik durchforstete das Prospekt der Kapelle, diktierte ihr die Kosten und Vorschläge, die sie noch anschaffen müssten und Laura schrieb alles auf.

„Ringe brauchen wir auch noch", stellte Patrik fest, „holen wir die zusammen oder soll ich alleine los?"

„Nein, zusammen. Ich muss meinen doch schließlich auch anprobieren, ob er passt. Und ich möchte mir den Ring auch aussuchen. Das gehört für mich mit dazu. Ich finde, es muss auch eine Romantik dabei sein. Die Schmetterlinge im Bauch, die Aufregung und halt!"

„Was ist jetzt?"

„Ich möchte auch einen romantischen Heiratsantrag mit Ring und Kniefall haben. Wenn schon heiraten, dann auch richtig. Schließlich möchte ich mich für den Rest meines Lebens auch an den Antrag erinnern."

„Oh Gott Laura, meinst du, eine Ehe hält ein Leben lang und besteht nur aus Schmetterlingen im Bauch? So ein Blödsinn!"

„Dann sollten wir es vielleicht nicht überstürzen und erst heiraten, wenn wir es auch wirklich wollen. Denn ich möchte in dem Wissen sein, dass mein Mann mich auch liebt und mich nicht nur heiratet, damit er mich schneller in die Kiste bekommt."

„Oh man, du schon wieder. Natürlich liebe ich dich, aber wieso müssen wir immer alles bis aufs letzte ausdiskutieren und madig machen? Wieso können wir nicht einfach mal tun, ohne immer das Für und Wider abzuwiegen. Wir sind doch schon über ein Jahr zusammen."

„Ja, aber in getrennten Wohnungen. Wir teilen nur das Bett zusammen. Es gibt sogar Tage, da sehen wir uns nur kurz auf Arbeit und sonst gar nicht. Wie ist es denn, wenn wir verheiratet sind?"

„Na das waren eben unsere Freiheiten. Ich wollte dich nicht gleich einengen und du wolltest es nicht bei mir. Wenn wir erst verheiratet sind, suchen wir uns eine große, gemeinsame Wohnung."

„Vielleicht hast du Recht. Aber ich bin mir eben etwas unsicher. Ich dachte immer, das würde sich alles anders anfühlen."

„Tut es aber nicht. Denk doch nur an die vielen Filme, in denen geheiratet wird. Da kriegen die Bräute kurz vorher auch immer Bedenken und was ist? Sie heiraten trotzdem und sind glücklich. Nun komm, wir haben soweit alles aufgeschrieben. Lass uns jetzt nach unten gehen."

Laura nahm ihr Kleid und ging ins Bad, um sich frisch zu machen und umzuziehen. Er nahm sein Portemonnaie und sah nach, wie viel Bargeld er noch bei sich hatte.

„Gibst du mir den Safe Schlüssel? Dann gehe ich schon mal runter und hole für jeden von uns wieder hundert Dollar."

„Ist im Innenfach meiner Handtasche! Du kannst dir auch gleich das Geld für die Tasche nehmen, das du mir geliehen hast!", rief sie ihm zu.

Kurz danach hörte sie die Tür ins Schloss fallen. Als sie ins Zimmer zurückkam, sah sie seine Jacke über dem Stuhl liegen. Typisch Patrik, dachte sie, nahm seine Jacke, ihre Tasche und verschloss hinter sich das Zimmer. Vor dem Casino wartete er bereits und als er seine Jacke in ihrer Hand sah, lächelte er schuldbewusst.

„Hupps, da war sie also."

Sie betraten zusammen die Welt der einarmigen Banditen und Laura sah sich um, ob sie den Mann von letztem Abend erblickte. Viele Blicke waren auf sie gerichtet. Sie war solche Aufmerksamkeit nicht gewohnt und schämte sich ein wenig. Aus der Menge der sie bewundernden Männer löste sich einer in einem grauen Anzug. Sie erkannte den Mann von gestern wieder und lächelte ihn zaghaft an. Gerade jetzt war sie sich der Anwesenheit Patriks besonders bewusst.

„Guten Abend Laura. Sie sehen heute äußerst bezaubernd aus. Wie eine Märchenprinzessin."

Sie merkte, wie sie errötete. Patrik räusperte sich neben ihr und unterbrach für einen Moment den festen Blick des Mannes, der auf sie ruhte.

„Oh Verzeihung, wie unhöflich von mir", sagte er und hielt Patrik seine große Hand entgegen, „darf ich mich vorstellen? Mein Name ist Glenn Evans."

Patrik erwiderte den Händedruck.

„Patrik Hartmann und das hier ist meine Verlobte, Laura Stammer."
Verwundert sah sie zu Patrik hoch. Wie er das Wort Verlobte betonte. Und das, ohne dass er ihr einen Heiratsantrag auf Knien gemacht hatte, so wie sie es gerne hätte.

„Sie haben eine äußerst bezaubernde Verlobte. Ich hoffe, sie schätzen, was sie besitzen", sagte Glenn und ließ seinen Blick wieder auf Laura ruhen.

„Von besitzen ist hier aber keine Rede", erklärte Laura hastig, „wir sind nur verlobt und es ergreift keiner Besitz vom anderen."

„Verzeihen sie, wenn ich unhöflich war. Das ist dort, wo ich herkomme, nur eine Redensart. Darf ich sie als Wiedergutmachung auf einen Drink an die Bar einladen?"

Als sie an der Bar standen und ihre Getränke bekommen hatten, kamen sie ins Gespräch.

„Sind sie beruflich in Vegas?"

„Nein, wir machen hier zusammen Urlaub und wollen vielleicht auch hier heiraten." Dabei betonte Laura das vielleicht mit Blick auf Patrik.

„Oh, haben sie schon einen Termin auserkoren, wann sie diesen wunderbaren Schritt machen wollen?"

„Am Ende unseres Urlaubs, so zwei Tage vorher."

„Wieso nicht jetzt? Dann haben sie den Rest des Urlaubs als Flitterwochen."

„Siehste Laura, Herr Evans ist der gleichen Meinung wie ich!"

„Naja, eine so schöne Frau sollte man festhalten. Nicht, dass sie es sich bis zum Ende doch noch anders überlegt."

„Ich möchte dennoch bis zum Ende des Urlaubs warten. Schließlich möchte ich hier noch vieles erleben und sehen. Wenn wir unser Geld jetzt ausgeben, haben wir nichts mehr, um zu flittern. Und wenn wir am Ende des Urlaubs kein Geld mehr haben, können wir ja später immer noch in Hamburg heiraten."

„Eine weise Entscheidung. Sie sind nicht nur hübsch, sondern auch sehr klug."

Dann wandte er sich an Patrik: „Darf ich mir für diesen Abend ihre Verlobte wieder als Glücksfee ausleihen?"

„Aber nur wenn sie dafür wieder belohnt wird."

Glenn machte eine kleine Verbeugung vor Patrik und reichte ihm etwas.

„Ich möchte mich natürlich auch bei ihnen erkenntlich zeigen. Hier haben sie ein wenig Spielgeld", er zwinkerte ihm zu, „und hier meine Karte, falls sie etwas trinken möchten. Das geht auf mich."

Voller Euphorie bedankte sich Patrik und war auch sofort zu den Automaten verschwunden.

„Darf ich bitten?" Glenn reichte Laura den Arm und sie hakte sich unter. In ihrem Bauch kribbelte es und Schmetterlinge schienen Purzelbäume zu vollführen. Sie schob das Gefühl auf ihr Kleid und die Aufmerksamkeit, die sie bekam. So etwas hatte sie zuvor noch nie gehabt. Sie genoss es in vollen Zügen. Zusammen gingen sie zum Roulettetisch, nahmen Platz und Glenn fragte sie nach den Zahlen, auf die er setzen sollte. Leider war das Glück dieses Mal nicht auf ihrer Seite und so verlor Glenn mehr, als dass er gewann. Laura bekam ein schlechtes Gewissen.

„Vielleicht sollten wir es für heute lieber beenden. Ich bringe Ihnen kein Glück und möchte nicht, dass sie wegen mir so viel verlieren."

Sie fühlte sich nicht gut, dass sie vom Geld des Fremden Mannes etwas ausgegeben hatte. Hätte sie ihm den Auszahlungsschein doch bloß zurück gegeben und nicht auf Patrik gehört.

„Aber Laura, machen sie sich keine Sorgen. Das bisschen kann ich durchaus verkraften. Außerdem habe ich doch schon gewonnen: Ich habe sie an meiner Seite sitzen. Wenn sie wollen, können wir eine kleine Pause an der Bar einlegen"

An der Bar stieß auch Patrik zu ihnen.

„Wie ist es ihnen ergangen?" erkundigte sich Glenn.

„Ach, scheiß Automat. Ich glaube nicht, dass wir mal Freunde werden. Der kann mich wohl nicht leiden."

„Dann trinken sie mit uns etwas und beruhigen sich ein wenig."

Glenn rief mit einer Handbewegung den Barkeeper zu sich und deutete auf sein Glas.

„Was machen sie denn so beruflich?" wollte Glenn wissen.

„Wir arbeiten in einem Zeitungsverlag. Laura ist für die Artikel zuständig, ich für den Druck."

Glenn schien sehr interessiert und stellte einige Fragen zu deren Berufen. Er wollte wissen, ob sie sich am Arbeitsplatz kennengelernt hatten oder vorher kannten und ob sie schon lange zusammen seien. Würden sie auch zusammen wohnen? Patrik beantwortete seine Fragen und wollte dann von ihm wissen, was er beruflich machte.

„Ich arbeite in der Ölbranche. Schon in dritter Generation in unserem Familienbetrieb."

„Oh, also wie in der Serie Dallas!", platzte es aus Laura heraus. Sie hätte sich am liebsten auf die Zunge gebissen. Oh man, wie peinlich. Genau wie die Aussage von Baby in Dirty Dancing: Ich hab eine Wassermelone getragen. Glenn lachte.

„Ja, genau so. Nur ohne Intrigen."

Sie unterhielten sich noch einen Moment, dann zog Patrik sie ein bisschen zur Seite und sprach auf Deutsch zu ihr: „Lass uns mal nach oben gehen, ich muss dir was beichten."

Laura schielte zu Glenn, dieser schien sie nicht zu hören, denn er sah in eine andere Richtung.

„Was ist denn los?", flüsterte sie ihm zu.

„Ich hab unser ganzes Geld verspielt."

„Was? Das Geld für heute?"

„Nein, unser ganzes Geld. Die zweitausend, die du gestern gewonnen hast und die Dreitausend Euro von zuhause."

„Was?" sie schrie auf.

Schnell war sie sich bewusst, dass sie lauter wurde und begann wieder, zu flüstern. Dabei zischte sie ihn an, um ihrer Wut Luft zu machen. Ihr war nach weinen zumute.

„Bist du verrückt geworden? Unser ganzes Geld? Wann denn? Ach ist völlig egal! Und wie sollen wir die nächsten Tage hier verbringen? Wie sollen wir das Zimmer bezahlen? Das Auto? Sprit und Essen?"

„Frag doch deinen J.R., ob er dir nochmal aushelfen möchte."

„Spinnst du? Ich werde doch nicht einen wildfremden Mann fragen, ob er mir Geld gibt, weil mein dusseliger Verlobter alles verspielt hat."

„Dann lass uns nach oben gehen und beraten, was wir machen können."

Eine Alkoholfahne kam von Patrik zu ihr rüber geweht. Laura drehte sich zu Glenn.

„Es tut mir furchtbar leid, aber wir müssen leider gehen. Es war sehr freundlich von ihnen, uns heute einzuladen. Vielen Dank für den netten Abend."

„Ich hoffe, es ist alles in Ordnung?" fragte er.

„Ja, alles bestens. Tut mir leid."

„Werde ich sie morgen Abend wieder sehen?"

„Ich glaube nicht."

„Das ist schade. Dann wünsche ich ihnen noch einen schönen Aufenthalt in Vegas."

„Danke."

Sie drehte sich von ihm weg, griff Patrik an seinen Arm und zerrte ihn mit sich aus dem Casino. So, wie es Patrik gestern mit ihr gemacht hatte. Je weiter sie ging, desto wütender wurde sie. Laura kochte förmlich.

„Hätte ich gewusst, dass du ein Spieler bist, wäre ich mit dir niemals in ein Casino gegangen. Ach verflucht, ich wäre dann auch niemals mit dir nach Las Vegas gefahren!"

„Ach stell dich nicht so an, du hast doch auch gespielt!"

„Ich habe nicht gespielt, ich hab dir sogar mein Geld gegeben!"

„Stimmt ja, du hast dich dafür bezahlen lassen, dass ein Mann dich als seine Dekoration neben sich sitzen hatte. Wie wär's, wenn du wieder zu deinem reichen J.R. gehst. Kannst bestimmt noch mehr abstauben und vielleicht kriegt er dich auf ein bisschen Spaß auch noch in die Kiste!"

Ehe sie sich versah, landete ihre Hand mit einem lauten Knall in seinem Gesicht.

Erschrocken und wütend sahen sie sich beide an, dann lächelte er schief.

„Siehste, hab ich doch richtig beobachtet. Er ist scharf auf dich und du genießt das. Sonst hättest Du mir jetzt keine geknallt. Angriff ist ja die beste Verteidigung. Aber eins sag ich dir: Er will dich auch nur ins Bett bekommen."

„Auch nur? Na Danke, dann weiß ich ja, woran ich bin. Hättest du nicht unser ganzes Geld ausgegeben, würde ich den nächsten Flug nach Hause nehmen."

„Tja Baby, da bist du jetzt wohl auch ohne Hochzeit an mich gebunden."

„Patrik, du hast sie echt nicht mehr alle. Geh mir bloß aus den Augen und wag es nicht, mich jemals wieder anzurühren!"

Mit einem Schulterzucken und schiefem Lächeln drehte er sich um und ging zu den Fahrstühlen. Den Zimmerschlüssel hielt er demonstrativ in die Höhe und winkte damit in ihre Richtung.

„Also ich gehe jetzt auf unser Zimmer. Wenn du dich wieder beruhigt hast und vielleicht doch noch Lust auf einen Fick hast, kannst du gerne nachkommen."

Die Fahrstuhltüren schlossen sich hinter ihm und sie kämpfte mit den Tränen. Niemals würde sie ihm auf das Zimmer folgen. Nicht nach diesem Vorfall. Nachdem er sein wahres Gesicht gezeigt hatte. Wie wird es sein, wenn sie erst verheiratet wären. Jetzt konnte sie noch die Notbremse ziehen und gehen. Hätte sie erst den Ring am Finger, wäre es nicht so einfach, ihn aus ihrem Leben zu verbannen. Sie drehte sich um und setzte sich auf eine der gepolsterten Bänke, atmete tief durch, um die Tränen zu unterdrücken und schaute nach oben, auf das Deckengemälde.

„Entschuldigen sie", Glenn stand vor ihr und lächelte sie freundlich an, „ihr Verlobter hat seine Jacke im Casino vergessen."

Sie sah auf die Jacke, dann auf Glenn.

„Er ist nicht mein Verlobter. Zumindest nicht mehr."

Und dann liefen die Tränen. Sie konnte nicht anders, ließ sie laufen und trotz seiner Anwesenheit fühlte sie sich besser, den Gefühlen freien Lauf zu lassen. Die Tränen liefen und liefen. Laura spürte, wie sich Glenn neben sie setzte und seine Hand auf ihren Rücken legte, um sie zu trösten.

„Wissen sie, ich habe gesehen, dass sie sich gestritten haben. Es ist gut, dass sie die Gefühle raus lassen. Sie werden sich bestimmt gleich besser fühlen."

Schweigsam saßen sie eine Zeit nebeneinander, Lauras Tränen versiegten irgendwann und wortlos reichte er ihr sein Stofftaschentuch.

„Ich weiß, wir kennen uns noch nicht lange, aber wollen sie mir trotzdem erzählen, was passiert ist?"

Laura zögerte ein wenig. Er hatte Recht, sie kannten sich kaum. Aber vielleicht würde es ihr gut tun, alles von der Seele zu sprechen. Morgen würden sie sich eh nicht mehr sehen. Sie begann, von ihrem Dilemma zu berichten. Glenn hörte ihr aufmerksam zu. Wieder begann sie zu weinen und war dankbar, dass sie sein Taschentuch hatte. Als sie fertig mit erzählen war und die Tränen getrocknet, schaute sie hoch zu ihm. „Danke, dass ich sie damit belästigen durfte."

„Was wollen sie jetzt machen?"

„Ich weiß es nicht. Ich kann ja schlecht ins Zimmer gehen. Nein, ich will es eigentlich nicht."

„Möchten sie ein neues Zimmer?"

Laura lachte kurz auf. Womit sollte sie sich denn ein neues Zimmer nehmen? Dank Patrik konnten sie die Miete für das jetzige Zimmer schon nicht bezahlen. Als hätte Glenn ihre Gedanken gelesen, sagte er: „Wenn sie möchten, miete ich ihnen ein Einzelzimmer. Erst mal nur für diese Nacht. Wie es morgen weitergehen soll, können sie dann ja immer noch sehen."

Laura sah ihn verblüfft an.

„Das kann ich nicht annehmen. Ich kann ihnen das niemals zurückzahlen."

„Das brauchen sie auch nicht. Ich schulde ihnen noch Geld von gestern. Sie haben ihre Jetons nicht mitgenommen."
„Das ist ihr Geld."
Er schüttelte den Kopf. „Das haben sie sich verdient."
„Aber das wäre ihr Geld."
„Ich würde es ihnen nicht anbieten, wenn ich es nicht finanzieren könnte."
Sie ließ sich auf sein Angebot ein und zusammen gingen sie an die Rezeption. Er bestellte ein neues Zimmer und besprach mit dem Concierge, dass dieser mit ihr auf das andere Zimmer ging, damit sie ihre Sachen holen konnte. Dann gab er ihr seine Visitenkarte, wünschte ihr einen schönen Abend und ging. Der Concierge schloss das Zimmer von Patrik auf und ein lautes Schnarchen drang zu ihnen. Patrik lag in Klamotten auf dem Sofa. Selbst die Schuhe trug er noch. Mit weit aufgerissenem Mund schnarchte er in den lautesten Tönen. Leise schritt sie durchs Zimmer, nahm ihren Koffer, schmiss schnell ihre Sachen hinein, holte die Waschsachen aus dem Bad und verließ das Zimmer wieder. In ihrem neuen Zimmer stellte sie den Koffer ab, setzte sich aufs Bett und atmete tief durch. So hatte sie sich ihren Urlaub nicht vorgestellt. Wie würde es nun weitergehen? Sie musste sich von jemandem Geld schicken lassen. Ihre Schwester war selbst im Urlaub. Ihre Mutter? Nein, ihr wollte sie davon nicht erzählen. Es war ihr zu peinlich und auf die Standpauken, die sie zu hören bekommen würde, hatte sie derzeit keine Lust. Schon immer hatte ihre Mutter etwas gegen Patrik gehabt. Jetzt würde sie wieder genügend Feuer bekommen, sich über ihn auslassen zu können. Lange blieb sie wach und machte sich Gedanken, wie sie aus diesem Land nach Hause zurückkommen könnte.

Am nächsten Morgen wachte sie früh wieder auf. Völlig kaputt und müde ging sie unter die Dusche, putzte ihre Zähne, zog sich an und ging zum Frühstück. Sie trank drei Tassen Kaffee, aß das halbe Brötchen kaum und stocherte in ihrem Müsli herum. Der Streit von gestern und die Wende, die er genommen hatte, ließen sie nicht los. Gerade, als sie entschied, aufzustehen und auf ihr Zimmer zu gehen, setzte sich Patrik zu ihr an den Tisch.

„Guten Morgen, ich hab dich gar nicht rausgehen gehört."

Er hatte nicht mal bemerkt, dass sie aus dem Zimmer ausgezogen war und mit Erinnerung an gestern brodelte es sofort wieder in ihr.

„Was soll an diesem Morgen bitteschön gut sein?"

„Hupps, schlecht geschlafen? Was ist denn mit dir los?"

„Was mit mir los ist? Überleg mal!"

Er zuckte mit den Schultern: „Wir waren gestern im Casino, ich hab ein wenig getrunken, wir hatten Streit und ich bin aufs Zimmer, das war's. Was meinst du denn?"

„Was ich meine? Ein wenig getrunken? Jetzt werde ich dir mal sagen, was los war! du hast unser gesamtes Geld verspielt, du hast mir in der Lobby eine Szene gemacht, mich als Hure bloßgestellt und dann erwartet, dass ich dir aufs Zimmer folge und für dich noch die Beine breit mache. Im Übrigen habe ich dich heute Nacht verlassen. Ich bin ausgezogen. Aber das hast du in deinem Brausebrand ja noch gar nicht bemerkt!"

Er sah sie fassungslos an.

„Laura, es tut mir leid. Daran kann ich mich nicht mehr erinnern, ehrlich."

„Genau das ist es. Du kannst dich daran nicht mehr erinnern. Ich aber zu gut."

„Entschuldigen sie, sind sie Frau Stammer und Herr Hartmann?"

In ihrem Streit unterbrochen, sahen sie zum Pagen hoch.

„Äh ja?" Bestimmt wollte er sie rausschmeißen, weil sie so laut waren.

„An der Rezeption wartet jemand auf sie."

„Ich wollte sowieso gerade gehen", sagte sie an Patrik gewandt.

„Und ich habe keinen Hunger!", Patrik sprang auf und folgte ihr.

Schnellen Schrittes gingen sie in die Hotel Lobby. Laura blieb abrupt stehen, als sie Glenn dort erblickte. Er lächelte sie freundlich an. Als Patrik neben ihr zum Stehen kam, verschwand sein Lächeln kurz, machte aber einem Lächeln Platz, das er sicherlich für Geschäftsleute aufsetzte.

„Guten Morgen Herr Hartmann, sie haben gestern ihre Jacke im Casino vergessen."

Patrik nahm seine Jacke entgegen, blickte sie an und legte sie über seinen Arm.

„Ich hoffe, es ist noch alles drin."

Dann sah er wieder Laura an.

„Aber deshalb habe ich sie eigentlich nicht hergebeten. Kommen sie, setzen wir uns doch."

Er führte die beiden zu einer Sitzgruppe, abseits der Rezeption.

„Ich habe gestern ihren Streit mitbekommen."

„Aber nicht, worum es ging", antwortete Patrik selbstsicher.

„Doch, von Anfang bis Ende." Glenn wechselte in die deutsche Sprache.

„Sie müssen wissen, dass meine Mutter ebenfalls aus Hamburg kommt. Und in meinem Beruf ist es von Vorteil, mehrere Sprachen zu beherrschen."

Patrik war nun nicht mehr so selbstsicher. Mit offenem Mund sah er ihn an.

„Und was wollen sie nun von uns?" fragte er.

„Ich möchte ihnen ein Angebot machen. Sie haben kein Geld mehr, um die restliche Zeit hier zu verbringen und das Hotel zu bezahlen und ich stecke auch in einer schwierigen Situation. Wir könnten uns gegenseitig helfen."

Patrik wiederholte sich: „Und was wollen sie nun von uns?"

„Mein Angebot ist folgendes. Sie wollten heiraten…"

„Nicht mehr!", unterbrach ihn Laura.

„Ja, das weiß ich. Deshalb ja mein Angebot. Mein Vater verlangt von mir, dass ich bis zum Ende des Jahres verheiratet bin. Bin ich es nicht, droht mein Vater, mich zu enterben und würde für mich eine Frau suchen. Da ich aber bekennender Single bin, möchte ich ihm einen Strich durch die Rechnung machen."

„Und?"

„Ich möchte sie bitten, dass sie mich heiraten, Laura. Keine Angst, es gibt keine Verpflichtungen für sie. Sie suchen sich ein schönes Kleid aus, einen Ring, eine Kapelle. Wir lassen uns trauen, es werden ein paar Fotos gemacht. Sie unterschreiben die Heiratsurkunde und ich kann meinem Vater vorlegen, dass ich verheiratet bin. Sie bekommen dafür dreißigtausend Dollar und können sich gemeinsam ein paar schöne letzte Tage machen. Ohne weitere Verpflichtungen. Wenn sie wollen, können sie nach New York, Florida, Disneyland, egal wohin. Ich würde ihnen mein Land zeigen. Mit meinem Privatjet können sie überall hin. Wir machen uns sozusagen tolle Flitterwochen zu dritt."

Patrik war gleich Feuer und Flamme: „Also für mich klingt das gut, ich wäre dafür. Mich will sie ja eh nicht mehr heiraten."

„War ja klar, dass du dafür bist. Du machst Mist und ich darf es ausbaden!"

Sie verschränkte wütend die Arme.

„Und wenn wir verheiratet sind, dann hab ich es auf Papier und bin an sie gebunden!" Sie reckte das Kinn und sah ihn fast schon trotzig an.

„Keineswegs. Sie brauchen die Ehe in Deutschland nicht anmelden. Ich verlange lediglich einen Kuss, der per Foto festgehalten wird. Keine Hochzeitsnacht, keinerlei Verpflichtungen."

„Na komm, Laura, gib dir nen Ruck. Das sind dreißigtausend Dollar!"

„Die du nicht komplett bekommen wirst. Und deinen Teil wirst du eh wieder innerhalb weniger Tage verspielt haben."

„Nein, diesmal nicht. Ich schwöre."

Sie war unsicher. Schließlich kam für sie immer nur heiraten aus Liebe in Frage. Dies war ein Geschäft. Eine Scheinehe. Sie war das Verkaufsobjekt. Patrik wollte sie verkaufen, Glenn sie kaufen. Sie war also nur ein Gegenstand, um das gefeilscht wurde. Wenn's nach den Männern ging, wäre der Deal schon perfekt.

„Wie kann ich sicher sein, dass für mich wirklich keinerlei Verpflichtungen entstehen?"

„Ich gebe es ihnen schriftlich. Auf Deutsch und auf Englisch. Sie sind mir nichts schuldig, außer der Eheschließung und einem Kuss für die Fotos und ich bin ihnen nichts weiter schuldig als das, was ich ihnen zugesagt habe."

„Die dreißigtausend Dollar und ein Sightseeing durch Amerika.", erklärte Patrik.

Glenn nickte ihm zu.

„Genauso ist es."

„Sollte ich zusagen, werden von dem Geld aber als erstes die Hotelzimmer bis Ende unseres Urlaubs bezahlt!"

„Ich würde sie beide sonst gerne zu mir auf die Ranch einladen. Sie können dort ein paar ungestörte Tage verbringen. Natürlich in Einzelzimmern, wenn sie es möchten. Fernab von Casinos und Spieltischen. Sie können ausreiten, im Pool schwimmen oder sich die Tage anders gestalten. Ganz ohne Verpflichtungen."

„Hast du gehört, Laura? Du liebst doch Pferde! Und im Pool Schwimmen oder in der Sonne liegen ist doch genau dein Ding!"

Sie war hin und her gerissen. Erinnerte sie doch alles an den Film „Ein unmoralisches Angebot". Mit Ausnahme, dass sie nicht mit ihm ins Bett musste.

Doch was, wenn er sie reinlegte?

„Wenn ich einwilligen soll, möchte ich den Vertrag aber vorher haben. Ich möchte von ihnen die Unterschrift haben, dass ich keine zusätzlichen Verpflichtungen eingehen muss. Keine Hochzeitsnacht, keine ehelichen Pflichten. Ich heirate sie nur und muss nicht als Frau Evans bei offiziellen Anlässen an ihrer Seite stehen."

Er nickte.

„Alles so, wie sie es möchten. Aber eine Bedingung habe ich auch."

„Sie sagten doch, keine weiteren Verpflichtungen!"

„Es ist eher eine Bitte. Bitte hören wir auf mit dem Siezen und sagen du zueinander. Schließlich sind wir bald verheiratet."

Sie zögerte und schaute zu Patrik. Dieser nickte so wild grinsend mit dem Kopf, dass er sie an einen Wackeldackel erinnerte.

„Naja, ihr habt es ja eigentlich beide schon entschieden. Wenn ich jetzt nein sagen würde, müsste ich ums Überleben kämpfen, um wieder nach Hause zu kommen. Es bleibt mir also keine andere Wahl, als zuzustimmen."

„Ich danke dir. Dann hole ich euch um zwölf ab und wir fahren zur Kapelle. Ihr könnt schon mal eure Koffer packen. Danach fliegen wir zu meiner Ranch."

Laura wollte Protest entgegnen, aber Glenn fasste sie lächelnd an den Arm. Wie Blitze durchzuckte es ihren Körper. Sie sah ihn an.

„Vertrau mir."

Nach so kurzer Zeit und ohne großes Kennenlernen?, dachte sie. Aber sie spürte, dass sie diesem Mann voll und ganz vertrauen würde und es auch konnte.

Kurz vor zwölf stand Laura mit ihrem Koffer am Fahrstuhl, um nach unten zu fahren. Patrik kam mit seiner Tasche dazu. Sie war kaum verschlossen und die Wäsche hing teilweise heraus.

„Ich hoffe, ich habe alles eingepackt", sagte er.

„Glaub ich nicht."

„Also dein J.R., der hat dich bestimmt noch im Bett, bevor die Sonne unter geht."

„Erstens ist es nicht mein J.R. und zweitens wird mich keiner von euch ins Bett bekommen."

Ohne weitere Worte stieg sie in den Fahrstuhl. Sie fuhren schweigsam nach unten. Durch einen leichten Ruck und einem Klingelton wussten sie, dass sie im Erdgeschoss angekommen waren. Sie nahm ihren Koffer und verließ den engen Raum, den sie sich mit Patrik teilen musste. Laura war dankbar, nicht mehr alleine mit ihm sein zu müssen. Glenn wartete bereits im Foyer und nahm ihr den Koffer ab. Er war in einem sehr edlen Anzug gekleidet und sah sehr attraktiv aus. Wären die Umstände anders, unter denen sie ihm jetzt begegnete, hätte er ihr durchaus sehr gefallen können.

„Mit den Zimmern ist schon alles geregelt. Wir können direkt los."

Er begleitete sie nach draußen. Vor dem Hotel stand eine schwarze Limousine. Der Chauffeur stieg aus, verstaute die Koffer und öffnete ihnen die Tür zum hinteren Teil des Wagens. Innen waren weiche, helle Polster, in die sich Laura hinein fallen ließ. Als sie alle eingestiegen waren, fuhr der Wagen los und sie schaute schweigsam aus dem Fenster. Ihr Herz klopfte. Ob es richtig war, sich auf dieses Geschäft einzulassen? Würde er sie übers Ohr hauen? Vielleicht hätte sie sich doch lieber einen Job suchen und ihr Flugticket zurück erarbeiten sollen. Nach kurzer, schweigsamer Fahrt hielt der Wagen vor einem Juwelier. Glenn stieg aus und reichte ihr seine Hand.
„Darf ich bitten?"
Zögerlich nahm sie sein Angebot an und griff zu. Seine Hand war groß und kräftig, jedoch tat er ihr nicht weh.
„Sie können hier solange warten, Herr Hartmann. Wir sind gleich wieder zurück."
Patrik ließ sich enttäuscht zurück in die Limousine fallen. Er würde sich bestimmt an der Minibar bedienen, dachte Laura. Zusammen mit Glenn trat sie in das kühle Geschäft. Der Juwelier kam sofort herbei gelaufen, als er Glenn erblickte. Wie eine Fliege umkreiste er die beiden, brachte ständig die schönsten Ringe und hatte zu jedem Ring, den sie probierte einen Kommentar parat. Sie genoss den Wirbel, der um sie gemacht wurde ebenso, wie die Tatsache, dass sie teuren Schmuck anprobieren durfte, ohne sich einen Kopf dabei zu machen, was das alles kosten würde. Nachdem sie sich einen Ring ausgesucht hatte, der Juwelier ihn mit „Sehr gute Wahl" Ausrufen in eine kleine Schmuckschatulle gesteckt und in einer der noblen Tüten verstaut hatte, war Glenn an der Reihe. Er wählte einen schlichten Ring, in der gleichen Farbe wie ihrer. Zusammen verließen sie den Laden und stiegen zu Patrik in den Wagen. Mit einem Glas Sekt, das

er in den Händen hielt, prostete er ihnen zu. Laura wusste, sie hatten ihn beim Trinken ertappt und er versuchte, das zu überspielen.

„Auf euch zwei!"

Die Limousine fuhr langsam los.

„Nun geht's zur nächsten Station, der Kapelle."

„Aber ich habe noch gar kein Kleid", protestierte Laura, um den Zeitpunkt der Trauung noch ein wenig zu verzögern.

„Ich habe mir erlaubt, eine Reihe Kleider zur Kapelle bringen zu lassen. Du kannst dort in Ruhe wählen und dich umziehen."

„Ich merke schon, wenn man Geld hat, ist alles gleich viel leichter."

Glenn lächelte sie an. Einen Moment später standen sie vor einem riesigen, weißen Holzgebäude, das wie eine Kirche aussah. Zwar nicht so groß, wie eine echte, aber dennoch so imposant. Glenn bot ihr seinen Arm an und sie hakte sich unter. Was war das? Spürte sie ein leichtes Zittern in seinem Arm? War er auch nervös? Sie sah zu ihm auf, verzog fragend das Gesicht.

„Es ist auch meine erste Hochzeit", antwortete er achselzuckend und musste lächeln. Sie gingen hinein, gefolgt von Patrik und dem Chauffeur. Auch hier wurden sie sofort von Leuten umzingelt. Eine Frau mit kurzen, braunen Haaren und einer schlanken Figur kam strahlend auf sie zugeeilt.

„Glenn, schön dass du da bist!"

Er stellte ihr Tiffany vor, die ihr beim Anprobieren der Kleider, Make Up und der Frisur behilflich sein würde. Mit einem herzlichen Lächeln begrüßte Tiffany Laura, hakte sich bei ihr ein und führte sie in die hinteren Räume.

„Ich freue mich so, ihnen beim Vorbereiten zu helfen. Sie haben aber auch ein Glück, so einen tollen Mann gefunden zu haben."

Sie sprach so schnell und mit Dialekt, dass Laura Schwierigkeiten hatte, alles zu verstehen.

„Moment, ich muss noch kurz zu Glenn."

Schnell ging sie zurück zu ihm und er sah sie skeptisch an.

„Hast du es dir anders überlegt?"

„Nein, ich möchte nur sicher sein, dass alles so ist, wie wir besprochen haben."

„Ach du meinst den Vertrag."

Er griff in eine Tasche seines Anzugs und holte zwei Umschläge heraus. Den ersten öffnete er, faltete sorgsam das Papier daraus auseinander und reichte ihr den Vertrag.

„Extra auf Deutsch für dich."

Sie setzte sich auf den Sessel hinter sich und nahm sich Zeit, alles durchzulesen. Wie er es mit ihr abgesprochen hatte: Keinerlei Verpflichtungen, Hotelkosten, die Kleidung, der Ranch Aufenthalt. Er hatte kein Detail ausgelassen. Sogar ein Kuss für das Hochzeitsfoto war schriftlich festgelegt.

„Einverstanden?"

Glenn hatte sie die ganze Zeit nicht aus den Augen gelassen.

„Jetzt kann ich auch die Kleider anprobieren."

Sie lächelte ihn schüchtern an, faltete den Vertrag wieder zusammen und verstaute ihn in ihrer Tasche. Dann stand sie auf und ging zu Tiffany zurück. In dem Extraraum wimmelte es nur so von Satin, Taft und Chiffon. Laura stöhnte erstaunt auf.

„Es sieht mehr aus, als es ist", lachte Tiffany, „kommen sie, wir fangen gleich mit diesem an."

Geschickt nahm sie das erste Kleid vom Bügel, raffte die Stoffe zusammen und ließ es über Laura gleiten, nachdem sie sich von ihrer

Kleidung befreit hatte. Es passte perfekt, umspielte ihre weiblichen Rundungen und betonte ihr Dekolleté.

„Wow, das sieht super an ihnen aus!" Tiffany bekam sich gar nicht mehr ein. Laura drehte sich vor dem Spiegel, ließ den Rock hin und her wippen und fühlte sich richtig wohl.

„Muss ich die anderen Kleider noch anprobieren? Ich hab mich eigentlich schon entschieden. Das ist es!"

Tiffany lachte auf. Kam mit einem Schleier und einem Gesteck zu ihr und steckte es ihr ins Haar.

„Nein, sie müssen nicht. Wenn sie sich entschieden haben, haben sie sich entschieden. Das spart uns Zeit für Haare und Make Up."

Sie sah sie prüfend im Spiegel an, schüttelte mit dem Kopf, nahm Schleier und Gesteck wieder raus und kam wenig später mit einem anderen zurück.

„Ja, das sieht viel besser aus!" rief sie entzückt aus.

Der Schleier wurde wieder entfernt und sie nahm sich ihrem Haar an. Hielt es ein Stück hoch, legte es an den Kopf, bauschte es auf und ließ es über die Schultern fließen.

„Jetzt weiß ich, wie wir das Haar machen!" verkündete sie entzückt.

„Ich vertrau ihnen voll und ganz." Komisch, schon wieder eine fremde Person, der sie heute ihr Vertrauen schenkte.

Laura setzte sich auf den von Tiffany empfohlenen Stuhl vor dem großen, verhangenen Spiegel und ehe sie sich versah, schwang Tiffany ein großes Tuch um sie herum.

„Wir wollen doch schließlich nicht, dass das Kleid schmutzig wird." Ihre Haare wurden nass gemacht, auf Wickler gedreht und unter einer Haube getrocknet, während Tiffany sie schminkte. Dann steckte sie Strähne für Strähne nach oben, ließ an den Seiten je eine Locke heraus hängen und im Nacken einige kleine kräuseln. Als sie fertig war, zog sie das vor dem Spiegel hängende Tuch weg und schockte Laura. Sie erkannte sich nicht wieder. Wunderschön sah sie aus.

„Wow, das ist... wow.. ich weiß gar nicht, was ich sagen soll."
„Na dann hab ich es ja genau richtig gemacht. Los, stehen sie mal auf und sehen sich ganz an."
Laura war überwältigt, was für eine perfekte Braut sie innerhalb einer Stunde geworden war. Naja, fast perfekt. Es fehlte nur noch der Mann, den sie auch wirklich liebte und heiraten wollte.
„Jetzt fehlt nur noch der passende Brautstrauß. Ich bin gleich wieder da!"
Als sie das Zimmer verließ, blieb Laura noch ein wenig vor dem Spiegel stehen. Sie war hin und her gerissen. Auf eine Art war sie von sich verzaubert und fühlte sich richtig wohl. Auf der anderen Art war ihr übel, zu wissen, gleich jemanden zu heiraten, den sie gar nicht liebte. Den sie nicht einmal kannte.
„Faschingsparty. Stell Dir einfach vor, es ist eine Faschingsparty."
Redete sie sich laut ein.
Tiffany betrat den Raum mit einem Wasserfallstrauß aus roten Rosen und weißen Callas.
„Der passt perfekt zu ihrem Kleid und Glenns Anzug!"

Als sie wenige Augenblicke später mit Tiffany an ihrer Seite die Kapelle betrat und die beiden Männer mit dem Standesbeamten vorne stehen sah, wurde sie nervös. Die Melodie ertönte und sie ging langsam nach vorne. Sie konnte sehen, wie Glenn und Patrik sie mit offenen Mündern der Bewunderung anstarrten und fühlte sich gut. Vorne bei Glenn angekommen nahm er ihre Hand und hauchte einen Kuss auf den Handrücken. Sie spürte seinen warmen Atem, die zarte Berührung seiner weichen Lippen und das Kribbeln, dass sich von seinem Mund durch ihre Hand den Arm herauf und durch ihren ganzen Körper ausbreitete.

„Du siehst bezaubernd aus!" flüsterte er bewundernd.

Ihre Wangen erröteten. Patrik und Tiffany zogen sich zurück auf die Sitzbänke der ersten Reihe und der Standesbeamte vollzog die Trauung. Sie hörte kaum richtig zu oder verstand, was er sagte. Zu abgelenkt war sie von dem Gefühl, dass Glenn ihre Hand hielt und die Wärme von ihm durch ihren Körper zog. Als sie plötzlich seine Hand nicht mehr spürte, wurde sie aus den Gedanken gerissen und blickte zu ihm auf.

„Äh was?"

„Ob du mich zu deinem Mann nehmen möchtest?"

Glenn und der Standesbeamte sahen sie erwartungsvoll an.

„Oh. Äh. Ja. Verzeihung. Ja, ich will."

Glenn beantwortete die Frage ebenfalls mit Ja und sie stellten sich gegenüber, um die Ringe zu tauschen. Behutsam hielt er mit der linken ihre Hand fest und streifte ihr galant mit der rechten den Ring über.

„Hiermit erkläre ich sie zu Mann und Frau. Sie können die Braut küssen", wurden sie aufgefordert.

Laura zögerte und sah ihn an.

„Es dient nur dem Foto", versprach er.

Ein kleiner Kuss würde ja wohl nicht schaden, ermunterte sie sich. Sie lächelte ein wenig gezwungen, stellte sich auf die Zehenspitzen und schloss die Augen, als sich sein Gesicht ihrem näherte. Kurz darauf spürte sie seine Lippen auf ihren. Warm, weich, groß. Tausende Blitze durchzuckten ihre Sinne und sie legte den Arm auf seine Schulter. Auch seine Hand spürte sie, die fest auf ihrem Rücken ruhte. Blitzlicht erhellte den Raum. Immer und immer wieder, während seine Lippen ruhig und sanft auf ihren ruhten. Mehr, schrie es in ihr, aber nach einem Moment lösten sie sich voneinander und Laura musste sich zusammen reißen, ihre Enttäuschung nicht mit einem Seufzen kund zu tun. Stattdessen lächelten sie sich an und drehten sich zu Tiffany, Patrik und dem Chauffeur. Zu den Klängen von „Love me tender", die ein Elvis Double am Rand dezent in den Raum schwang, ließen sie sich als frisch getrautes Brautpaar fotografieren.

„Komm, ein Bild mit der Braut als Erinnerung!" rief Patrik und stellte sich neben Laura und Glenn. Nun stand sie da, zwischen zwei Männern, die sie haben wollten. Beide nur als Mittel zum Zweck, die sie als Gegenstand sahen. Kurzzeitig hatte sie vergessen, dass das wichtigste hier fehlte: Liebe. Doch jetzt wurde sie jäh wieder daran erinnert, dass dies hier ein Geschäft war. Patrik kam auf sie zu, nahm ihre Hand und sah sie an.

„Ich gratuliere dir zur Hochzeit. Du bist wirklich eine sehr, sehr schöne Braut. Schade, dass ich nicht der Bräutigam bin, aber so ein schönes Kleid und Ring hätte ich dir nicht bieten können. Vielleicht beim nächsten Las Vegas Urlaub."

Sie lächelte zurück und nickte. „Danke. Ja, vielleicht", sagte sie, wusste aber, dass dies niemals mehr passieren würde. Glenn schien genauso zu denken wie sie, denn er stellte sich neben sie, legte ihr den Arm um die Taille und sprach zu Patrik: „Diesen Schritt hättest du am ersten Tag machen müssen. Jetzt ist die Magie vorbei. Wie bei dem Kaktus „Königin der Nacht", besteht der Zauber der Blühte nur einmal und verschwindet dann unwiederholbar."

Sie blieben einen Moment schweigsam nebeneinander stehen. Jeder schien den Augenblick der Hochzeit, die Klänge des Elvis und den

Blumenduft, der im Raum schwebte, nicht gehen lassen zu wollen.
Nach einiger Zeit drehte Glenn sich zu Laura um.

„Wollen wir?"

Er hielt ihr die Hand entgegen und als sie ihn fragend ansah, meinte er: „Zu meiner Ranch? Oder möchtest du hier feiern?"

„Oh, ja natürlich. Ich gehe mich nur umziehen."

„Das Kleid lasse ich zu meiner Ranch bringen, schließlich gehört es jetzt Dir."

Sie ging ins Ankleidezimmer, begleitet von Tiffany, die ihr aus dem weißen Traum heraus half.

Freundlich bedankte sie sich für deren Hilfe, zog sich ihre Jeans und das T-Shirt an, schlüpfte in ihre Ballerinas und zögerte einen Moment. Sie betrachtete den Ring, der nun an ihrem Finger steckte. Jetzt war sie also verheiratet. Kurz und schmerzlos und schneller, als sie dachte. Vor allem aber nicht so, wie sie sich das vorgestellt hatte. Ob sie jemals wirklich einen Mann heiraten würde, den sie auch liebte? Sie schluckte die aufkeimende Traurigkeit runter, nahm ihre Handtasche und trat in den hellen Korridor, in dem die Männer schon auf sie warteten. Glenn hatte noch immer seinen vornehmen Anzug an. Er sah einfach gut aus. Aber das würde er sicherlich auch in verstaubten Jeans und Holzfällerhemd, wenn er frisch vom Reiten durch die staubige Wüste zurückkäme. In seiner Hand hielt er eine schwarze Mappe. Sicherlich die Heiratsurkunden und ihre Papiere. Er kam auf sie zu und reichte ihr seinen Arm, damit sie sich wieder unterhaken konnte. Sehr charmant war er ja, das musste sie zugeben. Und sie genoss es auch, wie er sich um sie bemühte. Er sah sehr glücklich aus und sie hatte das Gefühl, mehr in seinem Blick zu sehen, als nur das Geschäft, das sie abgeschlossen hatten. Zu dritt gingen sie zur Limousine. Der Chauffeur stand bereits am Wagen

und öffnete ihnen die Tür. Im Vergleich zur außen herrschenden, drückenden Hitze war es drinnen schön kühl und angenehm. Laura ließ sich in die Sitze gleiten, sog den Duft der Lederbezüge ein und legte den Kopf nach hinten auf den Sitz. Sie schaute an die Decke, an die verspiegelte Fläche, die übersäht war mit vielen kleinen LED Lampen. Es sah aus, wie ein Sternenhimmel. Sie könnte sich an diesen Luxus gewöhnen, schallte sich aber, dass es nur ein kurzfristiges Vergnügen sei. Der Wagen setzte sich sanft in Bewegung und sie verließen die Straße, an der sich die Hochzeitskapellen wie Ameisen tummelten. Sie fuhren die Paradise Road entlang. Schon wenig später hielt der Wagen am Flughafen und Glenns Fahrer öffnete ihnen die Tür. Glenn besprach sich kurz mit seinem Angestellten und führte Laura und Patrik zielsicher über den Airport zum Gate, an dem bereits sein Privatflugzeug stand.
„Willkommen Mr. Evans. Sie werden bereits erwartet."
Der Light Jet stand funkelnd in der Sonne und lud sie schon von weitem mit seinem imposanten Aussehen ein, näher zu kommen. Glenn begrüßte wie selbstverständlich den Steward an der Tür. Er half Laura hinein. In der Kabine sah sie sich sprachlos um. Breite mit weißem Leder bezogene Sessel waren zu gemütlichen Sitzrunden drapiert, die Innenverkleidung war mit Mahagoniholz und weißen Stoffen bezogen, kleine Tische waren eingebaut und edle Vorhänge umrahmten die kleinen, ovalen Fenster. Kaum hatten sie sich gesetzt, kam eine Stewardess mit Getränken zu ihnen. Es gab zur Feier des Tages Champagner. Wenige Minuten später bewegte sich der Privatjet auf die Startbahn, um sich kurz darauf elegant in die Lüfte zu erheben.
„Wie lange fliegen wir denn?" fragte Patrik sehr interessiert.

„Bis nach Austin, Texas sind es knapp tausendeinhundert Meilen. Dafür werden wir circa zweieinhalb Stunden brauchen. April wird uns in dieser Zeit zur Verfügung stehen. Wenn ihr etwas braucht, sprecht sie ruhig an."

Laura verbrachte den Flug eher schweigsam. Sie beobachtete Glenn, der freundlich jede Frage von Patrik beantwortete. Dabei erkundete sie jeden seiner Gesichtszüge, seine kleinen Fältchen, die sich beim Sprechen an den Mundwinkeln bildeten, die beim Lächeln an den Augen erschienen und seine Hände, die groß und kräftig wirkten aber sich doch weich und zärtlich anfühlten. Wenn sich Glenn von ihr beobachtet fühlte und sie mit einem herzerwärmenden Lächeln ansah, lächelte sie kurz zurück und drehte sich ertappt zurück zum Fenster, um interessiert wirkend auf die Wolkendecke hinunter zu starren. Das Essen, das serviert wurde, schmeckte köstlich. Es gab Sandwiches mit Pute, Thunfisch oder Roastbeef. Dazu Obst und Trüffel. Nachdem der Jet gelandet war und sie direkt auf der Landebahn in die dort bereits wartende Limousine stiegen, fuhren sie eine knappe Stunde weiter, bis sie endlich ihr Ziel erreichten. Das große, Schmiedeeiserne Tor schloss sich hinter ihnen und Laura konnte links und rechts des Wagens nur weite Felder sehen. Auf einem graste eine Herde Kühe, die andere war gefüllt mit Pferden. Während sich ihr dunkler, fahrbarer Untersatz in langsamem Tempo über die Straße bewegte, trabte eins der Pferde parallel zu ihnen am weißen Zaun entlang.

„Das ist Pearl, meine Stute. Sie begrüßt mich immer so, wenn ich von meinen Geschäftsreisen wieder komme."

Laura schaute zu Glenn rüber. Er blickte voller Stolz auf das Pferd, das scheinbar spürte, dass er im Wageninneren saß.

„Wir sind fast da." Sagte er und deutete mit einem leichten Kopfnicken nach vorne.

Als Laura in die Richtung schaute, erblickte sie ein großes, imposantes Gebäude. Das Erdgeschoss war komplett aus Stein. Es erstreckte sich über zwei Etagen und hatte auf der Seite, die sie sehen konnte über die gesamte Fläche eine überdachte Veranda. Das Mauerwerk war weiß und hatte auf einer Seite eine riesige Fensterfront. Das Obergeschoss war aus weißem Holz, genau wie die Fenster. In regelmäßigen Abständen waren sie auf dem Gebäude drapiert und hatten beige Stoffe schützend vor der Sonne über die frisch geputzten Scheiben gespannt. Das dunkle Dach bildete einen wunderbaren Kontrast zum Rest und fügte sich perfekt in die grüne Landschaft ein. Laura war sprachlos. Soviel Grün hatte sie dem Staat Texas niemals zugetraut.

„Das ist wunderschön", flüsterte sie ehrfürchtig.

„Ich danke dir."

Die Limousine hielt vor dem Haus und Glenn half ihr, aus dem Wagen zu steigen.

„Ich zeige euch zuerst eure Zimmer, dann haben wir einen Moment Zeit, uns auszuruhen und frisch zu machen, bevor ich euch den Rest meines Anwesens zeigen möchte."

Vorsichtig betrat Laura die Stufen und befand sich wenig später auf einer Veranda wieder, die fast tiefer war, als ihr Wohnzimmer zuhause in Hamburg. Von hier aus gelangte man durch die große Flügeltür in den Eingangsbereich des Hauses, sowie auf der linken Seite in den Wintergarten, von dem sie aus dem Auto die Fensterfront sehen konnte. Überall auf dem mit grauem Holz verlegten Vorbau standen weiße Korbsessel, Bänke und Kübel mit üppig blühenden Pflanzen. Umringt war sie mit einem strahlend weißen Zaun, der sich scheinbar einmal ums Haus erstreckte. Sie blickte zur rechten Seite und entdeckte dort in der Ecke einen Hängestuhl aus weißem Holz. Dicke, helle Kissen lagen darauf und sie stellte sich bildlich vor, wie sie drin saß und dem Sonnenuntergang zusah. Sofern die Sonne auf dieser Seite überhaupt unterging. Glenn öffnete ihr die große Tür und bat sie hinein. Links und rechts führten große Rundbögen in das innere von weiteren Räumen. Gegenüber vom Eingangsbereich war eine große Fensterfront, die sich nach unten ins Untergeschoss, sowie in die obere Etage ausdehnte. Auf der rechten Seite davon führte eine große, aus dunklem Holz geschnitzte Treppe nach oben auf eine Zwischenetage, von der links und rechts Treppen ins erste Geschoss gingen. Links neben der Treppe führte eine selbe in das untere Geschoss. Überall standen Kübel mit großen, grünen Pflanzen.

„Nach unten geht es in den Fitnessraum und den Poolbereich. Von dort kommt man auch in den Garten. Wir wollen aber zuerst ins Obergeschoss."

Glenn ging vorweg die Stufen hinauf und wartete auf der Zwischenetage.

„Patrik, zuerst zeige ich dir Dein Zimmer, danach gehen wir zu deinem, Laura."

Sie gingen die letzten Stufen hinauf und den Flur in den linken Flügel entlang. Überall hingen Gemälde. Alte Bilder, neue und immer wieder leuchtend grüne Pflanzen. Der Holzfußboden aus dunklem Mahagoni knarrte leise unter ihren Schritten. Vor einer Tür blieben sie stehen.

„Hier kannst du schlafen, Patrik. In einer Stunde treffen wir uns unten wieder. Dann zeige ich euch den Rest des Anwesens."

Patrik nahm sein Gepäck und verschwand im Zimmer. Glenn drehte sich zu Laura.

„So, nun zeige ich dir Dein Zimmer. Ich hoffe, es wird dir gefallen."

Sie drehten wieder um und gingen den Weg zu den Treppen zurück. Vorbei und in den anderen Flügel. Optisch glich er dem vorigen haargenau, nur war er heller durch die große Fensterfront am Ende des Flures.

„In diesem Flügel sind meine Privaträume. Auf dieser Etage findest du eine Bibliothek, drei Schlafzimmer mit Bad und unter uns im Erdgeschoss sind das Wohn-, Kamin und Speisezimmer."

„Und der andere Flügel, in dem Patrik ist?"

„Das ist der Gäste- und Dienstbotenflügel. Er ist auch größer. Im Erdgeschoss befinden sich die Zimmer meiner Angestellten und die große Küche. Im ersten Stock habe ich acht Gästezimmer für meinen Besuch."

Sie blieben wieder stehen.

„Da wären wir. Hier ist dein Zimmer. Wenn du etwas brauchst, mein Zimmer ist genau gegenüber. Oder du klingelst, dann kommt eine meiner Angestellten und erfüllt dir deine Wünsche."

Er stellte ihren Koffer ab, den er die ganze Zeit über wie selbstverständlich getragen hatte.

„Danke Glenn. Ich werde mich jetzt umziehen und frisch machen."

„Gerne doch. Ich habe mir erlaubt, ein wenig Kleidung für dich zu besorgen. Selbstverständlich ohne weitere Verpflichtung. Sieh es als Geschenk von mir."

Laura gefiel es nicht, dass er so viel für sie entschied und besorgte, auch wenn er es nur gut meinte, dennoch nickte sie ihm freundlich zu.

„Danke."

„Bis in einer Stunde."

Laura öffnete ihre Tür, nahm den Koffer und ging hinein. Als sie die Tür hinter sich schloss, stand sie in einem dunklen Raum. Sie schaltete das Licht an und schrak zurück. Der Raum, in dem sie sich befand, war riesig. In einer Ecke stand eine gemütliche Couch, davor stand ein kleiner Tisch mit einer Obstschale und einer großen Karaffe Wasser. Hinter der großen Sitzfläche hingen über die gesamte Wand lange, rote Vorhänge. Sie ging darauf zu und zählte dabei die Schritte, die sie von der Tür aus zurücklegte. Fünfzehn Stück. Laura griff in die festen, samtenen Vorhänge und wollte sie mit Kraft zur Seite ziehen, aber sie bewegten sich keinen Zentimeter. Sie schaute sich um und entdeckte auf dem Tisch eine kleine Fernbedienung. Zögerlich drückte sie den oberen Knopf und mit einem leichten Surren öffnete sich die Stoffwand in vier Teile. Sofort strömte das Sonnenlicht durch die Scheiben in den Raum. Die Fenster gingen vom Boden bis hoch zur Decke. In der Mitte der Fensterfront entdeckte sie Flügeltüren, die hinausführten. Sie schaute hindurch und konnte einen großen Balkon sehen. Als sie sich wieder umdrehte und dem Rest des Zimmers widmete, fiel ihr Blick auf das riesige Doppelbett, das rechts vom Fenster stand. Es war noch imposanter, als das Bett aus dem Hotelzimmer. Unmengen von Kissen waren auf der weißen Tagesdecke verteilt. Sie setzte sich auf das Bettende und ließ sich nach hinten fallen. Kuschelig weich war die Matratze und lud zum Liegenbleiben ein. Mit einem Seufzen widerstand sie dem Drang, sich in die Kissen zu legen und stand wieder auf. Gegenüber vom Bett waren zwei Türen in die Wand eingelassen. Die linke Tür führte in einen Raum, der so groß war, wie ihr Schlafzimmer zuhause. Überall waren Regale und Kleiderstangen montiert und diese waren gefüllt mit Kleidung in diversen Farben und Formen. In der Mitte des Raums standen zwei offene Sideboards, gefüllt mit verschiedenen Schuhen in den unterschiedlichsten Farben. Laura nahm eins der Kleider von der Stange. Schlicht war der Schnitt, sah aber trotzdem vornehm aus. Blusen, Röcke, Jeans, Shirts und Pullis, alles war vorhanden. Sogar Unterwäsche. Und alles in ihrer Größe. Laura drehte sich um die eigene Achse und entdeckte an der Tür zum Schlafzimmer einen Spiegel, der sich über die gesamte Fläche erstreckte. In der linken Wand war eine weitere Tür. Sie öffnete sie und trat aus dem Zimmer direkt ins Bad. Eine große Dusche mit zwei Brauseköpfen und einer Glaswand stand neben einer, in den Fußboden eingelassenen, großen Badewanne. Das Waschbecken war auf einem Waschtisch aus Marmor installiert und links und rechts davon waren Fläschchen, Tuben und Dosen drapiert. Ein Regal war gefüllt mit weißen, flauschigen Handtüchern und an der Glaswand der Dusche hing ein großer Bademantel. Eine Dusche. Die würde ihr jetzt gut tun. Sie schloss die Tür hinter sich und begann, sich die verschwitzte Kleidung auszuziehen. Als sie unter die Dusche trat, erfasste sie die Größe der Kabine. Hier könnte man glatt zu zweit unter stehen. Ob Glenn hier auch schon geduscht hatte? Alleine? Ob sie hier zusammen duschen würden? Sofort tadelte sie sich dieser Gedanken. Mit wem würde sie hier schon unterstehen. Patrik hatte sich als Arschloch entpuppt und Glenn war eiskalter Geschäftsmann. Keinen von den beiden würde sie bei sich in der Dusche haben wollen. Der Wasserstrahl traf kalt auf ihre Haut auf und holte sie aus ihren Gedanken zurück. Nach kurzer Zeit wechselte die Temperatur in angenehm warm und füllte die Luft mit kleinen Dampfwölkchen. Sie griff nach dem Duschgel, das in einem der kleinen Regale stand und schäumte sich ein. Der Geruch von Jasmin und Sandelholz mischte sich unter die Dampfschwaden und erfrischte Laura auf besondere Weise. Als sie aus der Dusche trat und in den kuscheligen Bademantel schlüpfte, fühlte sie sich gleich viel besser. Das Haar hatte sie in eins der Handtücher gewickelt und ging aus dem Badezimmer nach nebenan in den Kleiderschrank. Sie durchstöberte die Wäsche, schaute sich die Designerkleidung und Schuhe an und entschied dann aber, etwas aus ihrem Koffer zu nehmen. Woher wusste er ihre Größe und wie hatte er innerhalb so kurzer Zeit so viel Kleidung für sie besorgen und hierher bringen können? Sie wollte ihm nicht die Genugtuung geben und wie ein Püppchen nach seiner Pfeife tanzen. So schlüpfte sie in ihre Wäsche: Ihr Lieblingsshirt und eine Capri Jeans. Ihre ausgelatschten Ballerinas zog sie ebenfalls an. Auch wenn ihr einige der Schuhe aus dem Regal sehr gut gefielen. Die Stunde verging schnell, sie verließ ihr Zimmer und ging die Treppe hinunter in die Halle. Patrik und Glenn standen bereits am Fuße der Treppe und waren in ein Gespräch vertieft. Als sie Laura bemerkten, fing Patrik gleich euphorisch an zu sprechen:

„Stell dir vor Laura, wir werden gleich über das Gelände reiten!"

„Allerdings müssen wir noch ein kleines Stück zu den Ställen fahren", teilte ihnen Glenn mit, als sie zum Wagen gingen, der vor dem Haus stand.

„Ihr habt also noch ein wenig Zeit, zu besprechen, wie ihr euren Aufenthalt hier zusammen genießen wollt."

„Allein!" schoss es aus Laura heraus.

„Ach Laura, ich dachte, wir können unseren Streit beenden und die Zeit wieder wie ein Pärchen zusammen verbringen."

„Das dachte ich auch Patrik. Aber das dachte ich in Hamburg. Ich hatte mir gewünscht, wir verbringen einen romantischen Urlaub zusammen, würden in Las Vegas als Krönung dann heiraten und alle aus unserer Familie damit überraschen."

Patrik wollte ihre Hand nehmen, aber sie zog sich aus seiner Reichweite zurück.

„Und was ist? Schon in Hamburg ging es los. Wir haben uns nur gestritten. In Vegas wurde es immer schlimmer!"

„Aber ich liebe dich doch!"

„So ein Blödsinn! Du hast mich für dreizigtausend Dollar verkauft! Schöne Liebe! Das Geld liebst du, aber nicht mich!"

Völlig zerknittert sah er sie an.

„Dann hab ich dich also nicht nur als Las Vegas Braut verloren, sondern ganz?"

„Genauso ist es!" Sie stieg in den Wagen und setzte sich ganz nah an die andere Tür. Weit weg von Patrik. Es war schwer für sie, die Tränen zurück zu halten, aber für sie war klar, dass die Zeit mit Patrik endgültig vorbei war. Zuviel war passiert. Zuviel, das sie ihm nicht verzeihen konnte und wollte. Sie wollte sich hier eine schöne Zeit machen. Die Landschaft und den Luxus genießen und dann zurück nach Hause reisen.

Am Abend nach dem Ausritt saßen sie zu dritt im Esszimmer des Hauses und genossen bei Wein die Speisen, die Conchita ihnen brachte. Laura spürte vom Ausritt jeden Muskel in ihren Beinen und dem Po. Aber das nahm sie in Kauf. Zu schön waren die Eindrücke gewesen. Der Wind, der ihre Haut streichelte, als sie auf dem Rückweg im Galopp über die Felder rasten und Patrik hinter sich ließ, der vorher noch nie auf einem Pferd gesessen hatte. Der bewundernde Blick von Glenn, der neben ihr her ritt und sie mit einem Nicken ermunterte, über die Ebene zu hetzen. Sie fühlte sich frei, wie ein Vogel im Wind.

„Sag mal Glenn, " begann Patrik und beugte sich mit seinem Glas über den Tisch, „wie viel verdienst du eigentlich so mit deinen Ölgeschäften?"

Glenn nippte an seinem Glas und lächelte Patrik an.

„Vielleicht verdiene ich an einem Tag ja so viel, wie du in einem ganzen Jahr?"

Dabei sah er zu Laura hinüber, um ihre Reaktion erkennen zu können.

„Na dann ist das ja gar nicht so viel!" Patrik musste als einziger über seinen Witz lachen. Er merkte nicht, dass er sich selbst ziemlich nieder machte. Stattdessen schwang er sein Glas zur Mitte, so dass der Wein überschwappte.

„Also, auf das Öl Geschäft!" Auf das Anstoßen wartete er gar nicht erst und trank sein Glas in einem Zug leer.

„Weißt du Laura, eigentlich hast du dich viel zu billig verkauft. Aber hey Glenn, wie wär's mit einem unmoralischen Angebot? Für eine Million geht sie sicherlich auch mit dir über Nacht aufs Zimmer!"

Laura schnappte zischend nach Luft. Das ging zu weit. Aber bevor sie etwas sagen konnte, schaltete sich Glenn ein: „Patrik, ich denke, für heute hast du genug getrunken. Außerdem möchte ich dich daran erinnern, dass wir uns hier in meinem Haus befinden und nicht in Las Vegas. Vielleicht solltest du den Abend für heute beenden und schlafen gehen!"

Dies war keine Bitte, sondern eine direkte Aufforderung. Das erkannte Patrik. Er stand auf, verbeugte sich sehr tief, hickste kurz und begann zu grinsen.

„Meine Lieben, ich werde dann mal ins Bett gehen. Meine Knochen tun mir von diesem Gaul viel zu sehr weh, als dass ich noch länger auf diesem Stuhl sitzen könnte. Also, au revoir und bis morgen."
Viel zu schnell drehte er sich um seine eigene Achse und verlor fast das Gleichgewicht. Mit einem reflexartigen Griff hielt er sich am Stuhl fest und torkelte davon.
„Es tut mir wahnsinnig leid!"
„Laura, du brauchst dich nicht entschuldigen. Mir ist schon in Vegas aufgefallen, dass er sich nicht gut unter Kontrolle hat."
Verlegen blickte sie auf ihren Teller und stocherte im Gemüse herum. Sie war satt, wollte aber nicht zu Glenn schauen, dessen bohrendem Blick sie sich bewusst war.
„Wollen wir den Nachtisch lieber draußen auf der Veranda einnehmen?"
Dankbar für diesen Vorschlag nickte sie ihm zu und er gab Conchita eine kurze Anweisung. Auf der Veranda nahmen sie in den großen, weißen Korbsesseln Platz und bekamen kurz darauf eine große Schale mit frischem Obst serviert. Die Weintrauben und Erdbeeren waren von einem zarten Tau bedeckt. Sie schmeckten köstlich und hinterließen auf Lauras Zunge ein kühles, erfrischendes Gefühl.
„Es ist wunderschön hier."
„Ja, das ist es. Ich sitze gerne abends allein hier draußen und schau raus auf die Felder. Hier bekomme ich meinen Kopf klar. In deiner Begleitung ist es aber schöner, als alleine hier zu sitzen."
„Das sagst du doch jeder Frau."
Sie sah zu Glenn und musterte sein Gesicht. Die Haut gebräunt von der Sonne, die Haare ein wenig wirr in die Stirn hängend. Er sah verdammt gut aus und wie sie ihn so ansah, wurde sie etwas mutiger.

„Sag mir Glenn, wie viele Frauen hast du schon auf diese Art rumbekommen?"

„Keine."

Sie hielt den Kopf schräg und sah ihn fordernd an.

„Nein, ehrlich. Ich habe keine Frau so rumbekommen."

„Also bin ich die erste, die so doof ist, so ein Geschäft einzugehen?"

„Du bist nicht doof. Ich halte dich sogar für eine sehr kluge, hübsche Frau. Nein, für eine wunderschöne Frau sogar. Du verzauberst mich. Schon seit unserer ersten Begegnung."

Sie wurde rot.

„Was hast du eigentlich in Las Vegas gemacht? Extra Jagd auf mich?"

Er lachte kurz auf.

„Nein, ich habe ein Büro in Vegas. Eins von vielen in ganz Amerika. Zwei Dutzend Angestellte sind dort für mich tätig. Die Woche hatte ich vormittags mit Geschäftspartnern zu tun, so dass ich mein Reich hier verlassen musste."

„Und gewohnt hast du dann im Hotel?"

„Nicht im Hotel. Ich hab ein kleines Penthouse in Vegas. Aber im Hotel sind oft Kunden und Geschäftspartner von mir, so dass man mich da kennt."

„Und dann hast du dich abends mit einem Besuch im Casino belohnt?"

„Naja, was heißt belohnt. An unserem ersten Abend hatte ich den Kunden auf eine Partie Roulette eingeladen. Es bringt Vorteile, wenn man Geschäfte auch am Spieltisch abklärt. Für mich ist es wichtig, die Kunden von mir und meinen Ideen zu überzeugen. Ich muss sie dazu bringen, die Projekte, in die sie investieren auch voll und ganz zu spüren, zu glauben und vor allem zu wollen. Sie müssen eins mit dem Geschäft sein. Und das geht am besten, wenn sie wenig Zeit haben, aber das Gefühl von mir vermittelt bekommen, dass sie alle Zeit der Welt haben."

„Das klingt sehr raffiniert."

„Das ist es auch. Ich habe in dieser Woche auch das beste Geschäft meines Lebens gemacht. Dafür haben sich alle Kosten und Bemühungen gelohnt."

Eiskalter, berechnender Geschäftsmann, dachte sie. Aber wie sonst wäre er zu dem Vermögen und diesem Anwesen gekommen. Jemand wie sie, die zu schnell auf Emotionen und Nöten anderer anspringt, hätte niemals eine Chance in seinem Gebiet gehabt.

„Es war ein netter Abend. Ich sollte jetzt aber ins Bett gehen."

Als sie sich aus dem Stuhl erhob, war Glenn schnell neben ihr. Er nahm ihre Hand, gab ihr einen Kuss auf den Handrücken und sah sie an.

„Vielen Dank, dass du mir Gesellschaft geleistet hast. Schlaf gut."

Laura fluchte. Sie konnte nicht schlafen. Sie wälzte sich in ihrem großen, kuscheligen Bett hin und her, starrte an die Decke und versuchte die vielen Gedanken in ihrem Kopf zur Ruhe zu bekommen. *Das Beste Geschäft seines Lebens.* Bestimmt etwas, bei dem er viele Millionen an Land gezogen hat. Sie war sicherlich nur eine kleine Belohnung, die er sich nach gelungenem Geschäft gegönnt hatte. Dass sie so blöd war und ihn geheiratet hat, das freute ihn bestimmt. Morgen würde sie ihre Sachen packen und gehen. Ja, so würde sie es machen! Doch der Entschluss, den sie aus verletztem Stolz getroffen hatte, zerplatzte wie eine Seifenblase, als sie sich sein Gesicht vorstellte. Wiederum, wenn sie so überlegte, dann könnte sie die verbliebenen neun Tage aber auch in Saus und Braus leben. Sich verwöhnen und sich so richtig gut gehen lassen. Nein, Moment. Es waren nur noch acht Tage. Sie lächelte zufrieden. Genau so würde sie es tun. Sie würde Glenn die Freude machen und die letzten Tage ihres Urlaubs mit ihm zusammen verbringen. Sie würde auf das Angebot eingehen, dass er sie durch Amerika kutschiert und ihr alles zeigt, was sie sehen möchte. Sie würde auf seinen Wunsch hin shoppen gehen und seine Kreditkarte auspressen. Alles, was er ihr angeboten hatte, würde sie auch erfüllen. Sie stellte fest, dass diese Heirat für sie nur positives hatte. Und wenn Glenn dann doch eine Hochzeitsnacht will? Hat er Pech gehabt. Oder würde sie vielleicht doch nachgeben? Sie musste zugeben, sie fühlte sich von ihm in gewisser Weise schon angezogen. Vielleicht lag es aber auch nur an das schöne Gefühl, umgarnt zu werden, Komplimente zu bekommen und anders wahrgenommen zu werden, als sie es vorher gewohnt war. Als die Sonne langsam am Horizont heraufkam, sank Laura endlich in einen tiefen, wenn auch kurzen Schlaf.

Ein zartes Klopfen an der Tür und ein anschließendes „Senorita?" ließen Laura aus einem traumlosen Schlaf hochschrecken. Sie fühlte sich wie gerädert und hatte Mühe, das bequeme, nach ihr rufende Bett zu verlassen. Die warme Dusche konnte nur teilweise ihre Müdigkeit verscheuchen und auch die frische Luft, die durch die geöffneten Flügeltüren hineinströmte, war vergeblich. Wehmütig schaute sie zum Bett. Bestimmt war es unter ihrer Decke noch warm. Doch anstatt sich in die flauschigen Decken zu begeben, drehte sie um und ging in den Ankleideraum. Sie entschied sich für ein luftiges, zartgelbes T-Shirt und eine helle Cargo Hose. Ihre noch nassen Haare band sie sich zu einem locker geflochtenen Zopf zusammen.

Laura betrat das Esszimmer und wurde von Glenn mit einem freundlichen Guten Morgen begrüßt. Patrik saß schweigend am Tisch und stocherte in seinem Rührei herum. Auch er sah müde aus. Sie setzte sich auf den Stuhl, den Glenn ihr anbot und ließ sich von Conchita Kaffee eingießen. Ein Schluck davon bewirkte Wunder. Sie spürte, wie ihr die braune, heiße Flüssigkeit langsam den Hals hinunter lief und ihre Nervenenden wiederbelebte. Nach einer Tasse dieses wundervollen Zaubertranks fühlte sie sich viel fitter. Sie war jetzt in der Lage, sich auf Glenn und Patrik zu konzentrieren und merkte, dass Glenn geduldig gewartet hatte, bis sie sich Zeit für ihn nahm.

„Danke." Sie meinte es aus vollem Herzen und nicht nur aus Höflichkeit, als Conchita ihr die Tasse erneut füllte.

„Jetzt bin ich bereit für eure Gesellschaft", scherzte sie zu Glenn hinüber.

Er deutete ihr eine kleine Verbeugung des Dankes an und lächelte.

„Du bist also ein Morgenmuffel!?"

„Nur, wenn ich keinen oder zu wenig Schlaf hatte."

„Ist das Zimmer nicht in Ordnung?"

„Nein, damit ist alles super. Es war einfach so viel auf einmal. Das hat mir gestern Abend keine Ruhe gelassen."

„Ziemlich aufregend, was?"

Sie nickte.

„Sollen wir den Tag heute lieber nichts machen?"

„Nein, nein, ist schon in Ordnung."

„Ich dachte mir, dass wir zuerst besprechen, was ihr alles machen wollt. Dann können wir von einem Ort zum nächsten reisen, so dass wir am sechsten Tag wieder hier sind."

„Hast du denn die Zeit? Du hast doch sicherlich deine Geschäfte zu erledigen?"

„Wenn der Kunde in Vegas nicht so schnell überzeugt gewesen wäre und unterschrieben hätte, hätte ich noch diese Woche für die Geschäfte Zeit gehabt. Aber so habe ich jetzt nur noch kleinere Meetings und kann mich darauf konzentrieren, dass es deine schönste Flitterwoche wird. Jetzt, als verheirateter Mann muss ich mich um die Zufriedenheit meiner Frau kümmern. Das steht an erster Stelle."

„Nur auf dem Papier", mischte sich Patrik ein und erinnerte Laura daran, dass er auch noch da war.

Bevor Laura in dem Gefühl baden konnte, etwas ganz Besonderes zu sein und sich von Glenn bezirzen ließ, zerschlug Patrik das Gefühl, wie ein Straßenarbeiter den Asphalt mit einem Presslufthammer. Sie planten die Tage gemeinsam durch und während Glenn in seinem Arbeitszimmer die nächsten Vorbereitungen dafür traf, ging Laura zum Packen auf ihr Zimmer. Die Fahrt zum Flugplatz wollte sie nutzen, um ihren Schlaf nachzuholen. Ihren Koffer ließ sie unberührt im Schrank stehen und nahm den von Glenn zur Verfügung gestellten, schwarzen Samsonite. Sie wählte aus der großen Vielzahl an Kleidung und Schuhen, die er extra für sie herbei geschafft hatte. Wenn es für sie war, wieso sollte sie das nicht auch nutzen. Die Einstellung, die sie noch am Tag zuvor hatte, war wie weg geblasen. Das Klopfen an der Zimmertür bemerkte sie erst, als es lauter wurde.

„Entschuldige, ich hab's gar nicht gehört.", sagte sie Glenn, nachdem sie ihn hereingelassen hatte.

„Vielleicht war ich auch zu leise. Ich wollte dir eigentlich nur den Plan für die nächsten Tage geben, damit du ihn durchlesen und absegnen kannst.

Sie sah auf die Aufstellung:

Tour durch Amerika:
8.Tag New Orleans, 7.+6. Tag Florida mit Disneyland, 5. Tag North Carolina, 4.Washington D.C. und weiter nach NY. 3. Tag N.Y., 2. Texas +Überraschung.

„Was ist denn die Überraschung, die da steht?"
„Das verrate ich dir erst dann. Ist sonst alles in Ordnung mit der Planung?"
„Ja, alles perfekt."
„Bist du schon fertig mit packen?"
„Ja, du könntest mir den Koffer bitte noch zumachen, ich muss nur noch das Beauty Case aus dem Bad holen."
Sie sah an Glenns Lächeln, dass er sich darüber freute, seine Gepäckstücke im Einsatz zu sehen. Es gefiel ihr, ihm damit eine Freude zu machen. Als sie aus dem Bad kam, hatte Glenn bereits den Koffer in der Hand.
„Wollen wir?" sie nickte und begleitete Glenn zum Wagen. Patrik wartete bereits. Laura war aufgeregt. Sie wusste, es würde eine unvergessliche Reise durch die USA werden.

Am späten Abend des sechsten Tages ihrer Rundreise kamen sie auf Glenns Ranch an. Laura packte ihre Sachen aus und warf die Wäsche in die von Conchita bereit gestellten Wäschekörbe. Sie fand ihre Digitalkamera im Rucksack und sah sich die Bilder darauf an. Eingekuschelt zwischen den Kissen auf ihrem Bett. Die Tage waren wundervoll. Wehmütig dachte sie zurück: Glenn hatte keine Kosten gescheut und selbst Patrik bekam viele Wünsche erfüllt. Für ihren

Aufenthalt in Florida buchte er eine große Suite im Disneyworld Hotel. Zum Frühstück kamen Micky und Minnie und während ihrer Tour durch den Park lief sie nonstop grinsend herum. Es war, als sei sie unter Drogen. Fröhlichkeitsdrogen. In New Orleans, Washington und New York hatte Glenn die beiden für ein paar Stunden alleine lassen müssen. Wichtige Meetings musste er halten. Laura und Patrik unternahmen alleine Sightseeing Touren und nach der anfänglichen Unsicherheit untereinander, wurden sie wieder lockerer im Umgang miteinander. Es gab Momente, in denen es fast wie früher war. Dies merkte auch Patrik. In New York versuchte er, sie wieder zu küssen. Für Laura war das der Moment, in dem sie ihm klar die Grenzen setzte. Sie waren getrennt, kein Paar mehr und wenn ihm die Freundschaft wichtig war, musste er das akzeptieren. Ab da hielt er sich zurück und ließ großen Abstand, wenn Glenn bei ihnen war. Abends verzog er sich früh auf sein Zimmer und ließ die beiden alleine. Laura und Glenn unterhielten sich viel. Meist war es Laura, die von ihrem Leben erzählte. Glenn fragte viel und hörte ihr aufmerksam zu. Er schien sich für alles zu interessieren, was Laura je erlebt hatte. Je mehr Tage sie mit ihm verbrachte, desto mehr fühlte sie sich zu ihm hingezogen. Sie lachte viel mit ihm und wartete voller Sehnsucht auf ihn, wenn er zu Terminen musste. Immer wieder ertappte sie sich dabei, dass sie ihn beobachtete. Sie vergaß manchmal sogar, dass es eine geschäftliche Beziehung war. Laura wollte ihre Gefühle nicht zeigen. Abends, wenn sie alleine in ihrem Zimmer war, wurde es ihr immer wieder klar, dass er sie nur ausnutzte, um an sein Erbe zu kommen. Es erwischte sie immer, wie eine eiskalte Dusche. Seine Annäherungsversuche, die sie durchaus wahrnahm, irritierten sie. Sie war sich sicher, zumindest wollte sie sicher sein, dass er sich damit nur selbst belohnen wollte, sie als Frau bekommen zu haben. So war sie traurig und froh zugleich, als die sechs Tage vorbei waren. Sie legte ihre Kamera auf den Nachttisch und schaute durchs Zimmer. Das große Haus kam ihr so vertraut vor. Es war, als wäre sie zuhause. Dieses Gefühl machte ihr Angst. Nach dem Abendessen, spazierte sie mit Glenn durch den Garten. Patrik hatte sich entschuldigen lassen. Nach dem Gespräch mit ihr, versuchte er, beide zu meiden und hatte sich das Essen auf sein Zimmer bringen lassen. Ein wenig Mitleid hatte sie schon mit ihm, doch er hatte es nicht anders verdient.

„Jetzt bin ich wieder hier im Garten, sehe deinen großen Pool und finde es schade, dass ich darin gar nicht schwimmen konnte. Vielleicht schaffe ich es morgen noch."

„Wieso auf morgen warten, lass uns doch jetzt eine Runde schwimmen."

Sie war unsicher. Jetzt am Abend? Um sie herum war es dunkel. Nur die Lampen im Steinboden durchschnitten alle paar Meter die Dunkelheit wie ein Stück Torte und das gedämpfte Licht des Pools verlieh der Landschaft etwas Warmes, Zauberhaftes.

„Okay, ich gehe kurz auf mein Zimmer, mich umziehen."

„Ich habe hier im Poolhaus auch Wäsche, du brauchst nicht bis nach oben gehen."

Wieso überraschte sie das nicht? Lächelnd geleitete er sie in das kleine Häuschen und jeder ging in die separaten Umkleiden. Auf einem flauschigen Handtuch lagen verschiedene Badeanzüge und Bikinis. Sie entschied sich für einen dunkelblauen Bikini, der nicht zu viel von ihr preisgab. Mit dem Handtuch unter dem Arm kam sie hinaus. Glenn war noch nicht wieder zurück und sie nutzte den Moment, um per Köpfer in das kühle Nass zu springen. Die Wassermassen umspülten mit einem kurzen Platschen ihren Körper, verschlangen sie und eine angenehme Kühle umspielte ihre Haut. Es tat richtig gut und sie tauchte ein ganzes Stück durchs Becken. Gedämpft hörte sie einen weiteren Wassereinschlag. Glenn, dachte sie. Als sie auftauchte und sich umsah, war sie alleine. Sie blickte nach rechts und links, konnte ihn aber nirgends sehen. Sehr nah vor ihr tauchte er auf einmal auf. Es war, als konnte sie durch das Wasser seine Wärme spüren.

„Jetzt hast Du mich aber erschreckt."

Dass es die Wahrheit war, versuchte sie mit einem Lachen zu überspielen.

„Das tut mir leid. Ich wollte dir eigentlich nur sagen, dass mir unsere Flitterwoche mit dir sehr gefallen hat."

„Mir hat sie auch sehr gefallen."

Er kam ein Stück näher und instinktiv wich sie nach hinten. Weiter und weiter, bis der Rand des Pools sie stoppte. Wieder kam er näher. Sie konnte nicht weiter ausweichen. Aber wollte sie das wirklich?

„Habe ich dir schon gesagt, wie hübsch du bist?"

„Das sagst du doch zu jeder Frau."

Ihre Stimme war mehr ein Wispern. Gebannt schaute sie auf seine Lippen, die sich ihr immer weiter näherten. Gleich würde er sie küssen. Gleich wüsste sie, wie er sich anfühlt. Eigentlich wusste sie es schon. Am Tag der Hochzeit hatten sie sich geküsst. Aber das war so lange her. Sie hatte es verdrängt. Sie... Sein weicher Mund legte sich auf ihren. Wärme schoss in jedes ihrer Körperteile. Sie spürte seine Zunge, die zart über ihren Lippen strich. Mit leichtem Druck verlangte er Einlass. Sie öffnete ihren Mund und sofort verschmolzen ihre Zungen miteinander. In einem langsamen Tanz spielten sie miteinander, verfolgten sich, fanden sich und tanzten erneut. Lauras Blut schoss ihr in den Kopf, fing an zu kochen. Das

Rauschen dröhnte in ihren Ohren, begann, sie schwindelig zu machen. Sie klammerte sich an Glenn, legte ihre Arme um seinen Hals und ließ sich immer tiefer in die Leidenschaft dieses Kusses ziehen. Als er sie fester an sich drückte, spürte sie deutlich seine Erektion, die sich unter Wasser an ihrer Mitte schmiegte.

Der elektrisierende Schlag, den sie empfand und der sich so gut anfühlte, holte sie in die Realität zurück. Sie nahm die Arme von ihm, drückte ihn weg und vermied den Augenkontakt.

„Nein, das dürfen wir nicht! Das ist alles nur geschäftlich!"

Sie schlüpfte aus seiner Umarmung heraus und zog sich ein Stück weiter am Beckenrand hoch. Schnell griff sie nach einem Handtuch und lief zum Umkleidehäuschen. Bevor sie durch die Tür ging, blickte sie sich nach Glenn um. Er war noch immer an der Stelle, an der sie sich eben ihren Gefühlen hingegeben hatten. Sie konnte seinen Blick nicht richtig deuten: Er sah ihr hinterher. Leicht verwundert, leicht schmunzelnd.

„Himmlisch, so himmlisch. Ich danke dir Laura."

Dann stieß er sich vom Beckenrand ab und tauchte rückwärts unter. Sie ließ den Pool hinter sich, verriegelte ihre Kabine. Sie lehnte sich mit dem Rücken an die Tür und strich mit ihrem Finger über ihre Lippen. Sie prickelten noch immer von dem Kuss mit Glenn. Ihr Körper reagierte ebenfalls und sehnte sich regelrecht nach mehr. Nein, nicht mehr. Sie konnte und sie wollte nicht. Wenn sie sich darauf einlassen würde, würde es ihr das Herz brechen. Sie wusste, dass es nur ein Geschäft für ihn war. Sie wäre dumm, wenn sie sich mehr erhoffen würde. Zügig trocknete sie sich ab. Nicht noch einmal wollte sie ihm die Gelegenheit geben, ihr so nah zu kommen. Nachdem sie sich angezogen und ihre Kabine verlassen hatte, sah sie vorsichtig aus der Tür zum Pool. Er war leer. Hastig lief sie barfuß über den weichen Rasen zurück ins Haus und blieb erst stehen, nachdem sie die Tür zu ihrem Zimmer hinter sich geschlossen hatte. Was hatte sie sich bloß dabei gedacht? Wie sollte es jetzt weitergehen? Sie ging in ihrem Zimmer auf und ab, sah aus dem Fenster, zog die Vorhänge zu und lief erneut Runde um Runde auf dem Teppichboden herum. Wie sollte sie sich ihm gegenüber jetzt verhalten. Es war zwar nur ein Tag, den sie noch in Amerika verbrachte, aber diesen Tag würde sie mit ihm in seinem Haus, auf seinem Grundstück verbringen müssen. Es wäre unhöflich, wenn sie ihm jetzt aus dem Weg gehen würde. Vielleicht ging es ihm genauso? Er war Geschäftsmann. Er konnte stets die Contenance behalten. Wirkte gerade Patrik gegenüber stets überlegen und so erwachsen. Doch vorhin, bei dem Kuss spürte sie nichts von seinem kühlen Geschäftssinn. Sie spürte Leidenschaft, Hingabe, Gefühle zu ihr. Sein Herz raste genauso, wie ihres. Oder bildete sie sich das nur ein? War es ihr Herz, das sie spürte? Gehörte es vielleicht doch alles zu seinem Plan? Was wäre passiert, wenn sie ihn nicht gestoppt hätte? Wäre er weiter gegangen? Wären sie im Bett gelandet? Sicherlich war er gut im Bett. Wenn er sie mit diesem Kuss schon so in Ekstase bringen konnte, wie wäre es erst mit seiner Zunge auf ihrem Körper? Seine Hände? Schnell schüttelte sie die Gedanken ab. Ihr wurde schon bei der Erinnerung an den Kuss wieder heiß. Sie war sich unsicher, was bei ihm Gefühle und was Geschäftssinn waren. Doch eins wusste sie ganz genau: Dass sie die heutige Nacht mit großer Wahrscheinlichkeit nicht schlafen konnte.

Nach einer kurzen Nacht voller Gedankengänge, Mutmaßungen und teilweise gar Wahnvorstellungen ging sie die Treppen des Hauses hinunter. Sie hatte nachts ein Geräusch gehört und sich tatsächlich eingebildet, dass er sie beobachten würde. Sie redete sich sogar ein, dass das Gemälde in ihrem Zimmer bewegliche Augen hatte. Verlor sie jetzt etwa den Verstand? Nach einem Kuss? Kurz, bevor sie endlich einschlafen konnte, hatte sie den Entschluss gefasst, ihm heute mit Würde entgegen zu treten. Sie würde sich nicht verunsichern lassen. Den letzten Tag durchstehen und ihm nicht noch einmal erlauben, ihr körperlich so nah zu kommen. Morgen flog sie zurück nach Hamburg. Sie würde ihn nie wieder sehen und hoffte, dass sie ihn nicht vermissen wird. Als sie sich an den Tisch setzte, Glenn war noch nicht da, musste sie ihr Vorhaben korrigieren: Das Essen und den Luxus, bedient zu werden, würde sie definitiv vermissen. Während Conchita wieder dampfenden Kaffee in ihre Tasse eingoss, kam Glenn ins Zimmer. Er lächelte sie an.

„Guten Morgen, ich hoffe, du hast gut geschlafen."

„Nein, das habe ich nicht. Ich muss mit dir sprechen, es ist wichtig."

„Okay, dann fang an. Ich höre dir zu."

Doch gerade, als sie das Gespräch fortsetzen wollte, kam Patrik herein. Vor ihm wollte sie nicht über den Kuss reden. Ein paar Tage zuvor war er noch ihr Verlobter, da gehörte es sich nicht, ihm brühwarm mitzuteilen, dass sie mit Glenn im Pool herum geknutscht hatte.

„Das hat auch Zeit bis nachher."

Glenn nickte kurz und begrüßte Patrik, der sich durch die zotteligen Haare strich. Sie saßen eine Zeit schweigsam zu dritt am Tisch. Laura war unbehaglich zumute und sie war dankbar, als Patrik die Stille unterbrach.

„Was liegt denn heute, am letzten Tag an? Ausritt? Flug?"

„Ich dachte mir, wir fahren heute zu meinen Eltern."

Laura blieb das Stück Obst, das sie gerade gekaut hatte, im Halse stecken und sie fing an zu husten. Zu seinen Eltern? Sie musste sich verhört haben.

„Meine Eltern haben das Ultimatum gestellt, dass ich heiraten soll. So wäre es doch nur fair und glaubwürdiger, wenn ich ihnen auch meine Frau vorstelle."

Laura wurde schlecht.

„Also eine Tour für euch zwei? Kein Problem, dann probiere ich deine Sauna und den Pool aus."

„Patrik, du kannst gerne mitkommen."

„Du meinst, als Ex Freund, dem du die Frau ausgespannt hast? Ne Danke, das lass mal."

„Wir können sagen, du bist ihr Bruder. Die Wahrheit wissen nur wir drei."

Das war Laura zu viel. Sie konnte sich die Lügen, die während des Essens zurechtgesponnen wurden, nicht mehr anhören.

„Tut mir leid, aber mir geht es nicht besonders. Ich gehe für einen Moment auf mein Zimmer."

Sie stand auf und verließ den Saal. Die Lügengeschichten sollten ein Ende haben. Wie sollte sie den Eltern von Glenn in die Augen schauen, während er sie belog?

In ihrem Zimmer warf sie sich auf ihr Bett und starrte die Decke an.

„Ich will das nicht!"

Sie hatte das Gefühl, ihr Brustkorb würde sich zusammen schnüren. Da war er wieder, der eiskalte Geschäftsmann. Der Kuss gestern hatte ihm nichts weiter bedeutet. Er hatte sich ihre Leidenschaft nur als kleine Belohnung gegönnt. Als Bestätigung, dass er alle haben konnte. Und sie war so blöd und ist darauf rein gefallen. Bevor sich ihre Augen mit Tränen füllten, stand sie vom Bett auf und ging zur

Balkontür. Laura stand an der großen Fensterfront und sah auf die weiten Felder. Dieser Morgen war sonnig und klar. Wie ihre Gedanken, die sie jetzt hatte.

Glenn hatte sie geküsst. Gestern Abend im Pool und sie hatte es zugelassen. Sie spürte wieder seine warmen, weichen Lippen auf ihren. Seine Zunge, die sich mit ihrer wie zwei kämpfende Schlangen im Mund verschlungen hatte. Wie sehr hatte sie es genossen, sogar mehr gefordert. Sofort wurde ihr heiß. Nicht nur von den Tränen, die ihr jetzt still die Wangen hinunter liefen. Schnell schüttelte sie den Gedanken an den Abend fort, wischte sich die Tränen aus dem Gesicht. Es war alles nur ein Geschäft! Sie war es, die beide daran erinnert und ihn von sich geschoben hatte. Die geflüchtet war und sich nicht weiter auf ihn einlassen wollte.

Laura blickte auf den Ring hinunter, der seit sieben Tagen an ihrem Finger steckte und sie erneut an ihre Notlage und ihre Verzweiflungstat erinnerte. Sie erinnerte sich an die ganzen Tage zurück: Sie war mit Patrik nach Amerika geflogen, hatte einen schönen Tag in Las Vegas verbracht. Heiraten wollte sie. Jedoch nicht Glenn, sondern Patrik. Aber Patrik entwickelte sich zum Spieler, wurde aggressiv, trank und zeigte sein wahres Gesicht. All ihr gemeinsames Geld hatte er verspielt. Es reichte nicht mehr fürs Hotel. Sie hätten auf der Straße leben müssen. In einem fremden Land. Da trafen sie Glenn, der ihnen ein Geschäft vorschlug. Laura sollte ihn heiraten, rein geschäftlich. Ohne Ehefrau würde er die Geschäfte seines Vaters nicht erben. Sie würde seine Frau, ohne weitere Verpflichtungen und er würde ihnen bis zur Abreise nach Deutschland Amerika zeigen. Alles auf seine Kosten, verstand sich. Er hielt auch Wort. Sie waren die letzte Woche nonstop unterwegs gewesen: New Orleans, Miami, Disneyworld, New York, Washington und zurück nach Texas auf seine Ranch, auf der sie seit gestern waren. Das klang alles, wie in einem Hollywood Film. Und jetzt? Jetzt wollte er mit ihr seine Eltern besuchen. Sie als seine Frau vorstellen. Seine Eltern belügen! Doch sie konnte es nicht. Von einem Besuch bei den Eltern war nie die Rede. Wie erbärmlich war sie doch. Wie tief war sie innerhalb so kurzer Zeit gesunken? Sie, die immer wusste, was sie wollte, alles hinterfragte.

Als es an der Tür klopfte, zuckte sie zusammen. Sie wusste, es war Glenn. Jetzt war der Augenblick gekommen. Glenn trat ins Zimmer und lächelte sie an. Ihr wurde sofort heiß. Hoffentlich sah er nicht, dass sie geweint hatte.
„Geht es dir wieder etwas besser?"
Sie nickte stumm.
„Du wolltest mir vorhin etwas sagen. Ich dachte mir, es wäre besser, wenn wir vielleicht unter vier Augen darüber sprechen?"
Wieder nickte sie und schluckte, um sich Mut zu machen.
„Ja, ich muss dir etwas sagen."
Er setzte sich auf ihr Bett und sah sie an. Mühsam suchte sie nach den passenden Worten.
„Ich kann das nicht mehr. Ich will nicht weiter lügen. Es ist besser, ich packe meine Sachen und reise ab. Ich würde gerne die letzte Nacht im Hotel schlafen."
Glenn sah sie überrascht an, doch ganz Geschäftsmann, wie sie ihn kannte, kam seine Antwort: „Ich finde es schade, dass du dich so entschieden hast, trotzdem akzeptiere ich es. Ich werde dich in die Stadt bringen. Aber zuerst muss ich zu meinen Eltern fahren. Sie erwarten uns schon."

Er sah sich im Zimmer hilfesuchend um. „Ich frage mich jetzt nur, was ich ihnen sagen soll. Sie rechnen damit, dich heute kennenzulernen."

Laura sah ihm direkt ins Gesicht. „Wie wäre es mit der Wahrheit?"

Er lachte leicht auf und nickte. „Ja, vielleicht wäre das nicht verkehrt."

Kurzes Schweigen herrschte zwischen ihnen. Sie versuchte, den Blickkontakt zu meiden und sah nach unten auf ihre Füße.

„Es tut mir leid, aber es geht nicht anders."

Stumm nickte er.

„Möchtest du, dass ich dir ein Zimmer reserviere?"

„Ja, Danke. Ich brauche Zeit zum Nachdenken und möchte vor dem Flug allein sein."

Glenn nickte und ging aus dem Zimmer. In der Tür blieb er kurz stehen.

„Ich komme nachher noch einmal vorbei und hole dich ab, wenn ich wieder zurück bin. Und bitte, packe ruhig alles von dem ein, was ich dir geschenkt habe."

Sie seufzte, als er die Tür hinter sich geschlossen hatte. Wieso fühlte sie sich so elend? Sie hätte sich freuen sollen, dass das Geschäft und die Lügen endlich vorbei waren.

Sie hatte ihre Koffer gepackt. Nur ein wenig von der Kleidung, die Glenn für sie gekauft und in den Schränken aufbewahrt hatte, wollte sie mitnehmen. Ihr reichte so schon das Gefühl, dass sie ihn beklauen würde. Das Gepäck stand in ihrem Zimmer und sie ging rastlos auf und ab. Wie lange würde er bei seinen Eltern bleiben? Wie lange würde er brauchen um hin und wieder zurück zu fahren?

Sie schaute aus dem Fenster hinunter auf den Pool. Vielleicht würden ihr ein paar Bahnen darin gut tun und den Kopf freier machen. Mit Bikini an und Handtuch unter den Arm betrat sie den Garten und ging auf das Schwimmbecken zu.

„Na, brauchst du auch ein wenig Ablenkung?"

Patrik, der auf einem Liegestuhl in der Ecke lag, hatte sie vorher gar nicht gesehen.

„Ja, ich will auf andere Gedanken kommen. Vielleicht tun mir ein paar Bahnen ganz gut, bevor ich ins Hotel fahre."

Er sah sie erstaunt an und legte den Kopf schief.

„Ins Hotel? Heute noch? Wieso das denn?"

„Ich glaube, es ist besser, wenn ich Glenn heute nicht so oft begegne."

„Wenn er zurückkommt, ist es doch schon später Abend."

Er stand auf und kam zu ihr. In seiner Badeshorts gab er keine so schlechte Figur ab. Es hätte alles so schön werden können, wenn sie nicht nach Vegas geflogen wären. Vielleicht hätte sie so aber auch erst nach einer Hochzeit mit ihm sein anderes Gesicht gesehen. So oder so, irgendwann hätte sich die Medaille gedreht und die Kehrseite zum Vorschein gebracht.

„Woher weißt du, dass er erst spät zurück sein wird?"

„Wir haben heute Morgen drüber gesprochen, nachdem du auf dein Zimmer gegangen bist. Er meinte, dass ihr fast drei Stunden fahren würdet und er nicht weiß, wie spät es heute Abend wird. Aber wie ich sehe, ist er alleine gefahren."

Sie nickte.

„Ich hätte seine Eltern nicht belügen können und wollte lieber hier bleiben."

„Ach deshalb die Flucht ins Hotel? Naja, dann gelten seine Worte wohl auch für dich."

„Welche Worte?"

„Dass ich mich hier im Haus wie zuhause fühlen und meine Wünsche dem Personal mitteilen soll."

Dabei machte er eine Kopfbewegung zu seiner Liege und sie sah die große Karaffe mit einem eisgekühlten Getränk. Obststücke schwammen darin und ein Glas mit Schirmchen stand daneben.

„So früh schon Cocktails?"

„Fruchtbowle, Laura. Ich hab mir den Urlaub mit Alkohol schon genug verdorben, oder was meinst du?"

Wo er Recht hat, hat er Recht, dachte sie.

„Er hat mir gar nicht gesagt, dass es so spät wird. Vielleicht sollte ich mir ein Taxi nehmen."

„Ach Quatsch! Jetzt bleib hier. Er ist eh nicht da und wenn er nach Hause kommt, ist es schon viel zu spät. Dann willst du noch los? Wenn du ihm aus dem Weg gehen willst, dann kannst du es auch machen, indem du auf deinem Zimmer bleibst. Ich kann ihm ja sagen, du schläfst schon und hast es dir anders überlegt, nicht ins Hotel zu wollen."

„Aber…"

„Man Laura, jetzt werd nicht wieder zur Zicke!"

Sie öffnete und schloss den Mund, presste ihre Lippen zu einem dünnen Strich zusammen. Eigentlich hatte er ja recht, aber sie wollte ihm das ungerne zugestehen. Stattdessen legte sie das Handtuch auf die nächstbeste Liege, ging an den Rand des Pools und sprang mit einem Kopfsprung hinein. Das Wasser war kühler, als am Abend zuvor. Oder bildete sie sich das nur ein? Ohne zu stoppen tauchte sie die halbe Bahn durch, kam hoch zum Luft holen und tauchte weiter.

Drei Runden schwamm sie schweigend hin und her. Dabei sah sie Patrik aus dem Augenwinkel an der gleichen Stelle stehen, wie zuvor, als sie sich unterhalten hatten. Sie setzte ihre Runden fort. Nach einem Moment des Stillstehens kam Patrik an den Beckenrand und ließ sich, Beine ins Wasser, auf der Kante nieder.

„Weißt du, ich habe mich noch gar nicht dafür entschuldigt, wie der Urlaub verlaufen ist."

„Musst du nicht.", brachte sie schnaubend heraus.

Sie hatte einen guten Rhythmus gefunden, in dem sie ihr Schwimmen fortsetzte.

„Doch, muss ich. Allein schon für mich! Ich hab's ganz schön verbockt. Vielleicht hätten wir anstatt Vegas Mallorca buchen sollen."

„Und da wärst du dann am Ballermann versackt."

„Wohlmöglich", er lachte, „okay, auch kein gutes Beispiel. Bauernhof in Bayern wäre wohl optimaler gewesen."

Sie stellte sich vor, wie sie jeden Morgen von einem krähenden Hahn geweckt würden und sie mit Kopftuch und Gummistiefeln der Bäuerin im Stall half. Ne Danke, auch kein Urlaub, wie sie ihn gerne hätte.

„Egal, ich habe gemerkt, was für Fehler ich gemacht habe und es tut mir leid. Ich kann's nur nochmal sagen, ich habe es total verbockt und könnte es verstehen, wenn du nach unserem Rückflug kein Wort mehr mit mir wechseln willst."

„Wir können doch immer noch Freunde bleiben."

Schließlich kannten sie sich schon über ein Jahr und würden sich täglich bei der Arbeit sehen.

„Das meinst du wirklich?"

„Ja, das meine ich wirklich. Warum sollen wir uns jetzt hassen, nur weil wir gemerkt haben, dass es für uns keine gemeinsame Zukunft gibt?"

Es sah aus, als würde er vor Freude in die Luft springen wollen. Aber er riss sich zusammen und lächelte sie an.

„Danke, das ist mehr, als ich erwartet habe."

Die Zeit bis zum Mittag verbrachten sie am Pool. Conchita brachte ihnen Getränke und Obst.

„Laura, darf ich dir einen Tipp geben. So als Freund zu Freundin?"

„Nur zu."

„Greif dir Glenn", er guckte kurz hoch und sah Lauras entsetzen Blick, „nein ehrlich, schnapp ihn dir. Das erkennt sogar ein blinder mit nem Krückstock, dass er etwas von dir will."

„Patrik, ich…"

„Und er ist wirklich eine gute Partie für dich. Er kann dir all das geben, das du bei mir nie bekommen könntest. Ach was, das du bei jedem anderen Mann nicht bekommen würdest."

„Alles, was ich möchte, ist Liebe, Patrik. Ich glaube nicht, dass er mir das gibt. Er hat mich geheiratet, weil er an sein Geschäft dachte. Nicht an die Liebe."

Patrik zuckte mit den Schultern. „Na gut, wenn es wirklich das ist, das du bei Glenn siehst. Ich seh da weitaus mehr als Geschäftssinn."

Das Mittagessen nahmen sie vorne auf der Terrasse ein.

„So schön", sagte Patrik, nachdem er den Mund leer hatte und seinen Blick über die weite Landschaft schweifen ließ, „hier könnte es mir auch gefallen."

„Mir auch."

„Dann bleib doch einfach hier."

„Möchte ich aber nicht. Morgen geht's wieder nach Hause und das ist auch gut so."

Obwohl sich Laura schon an diesen Anblick gewöhnen könnte. Den Nachmittag verbrachte Laura alleine. Sie lag im Garten und las, ging auf dem Grundstück spazieren und schlief ein wenig in ihrem Zimmer. Als sie am Abend mit Patrik im Esszimmer saß und Conchita ihnen das Abendessen servierte, kam Glenn zurück. Seine schweren Stiefel polterten durch die Eingangshalle und Laura bekam eine Gänsehaut. Es war zu spät, ihm aus dem Weg zu gehen und auf ihr Zimmer zu flüchten. Als er durch den Torbogen ins Zimmer trat, setzte ihr Herz für einen Moment aus. Er sah etwas aufgewühlt aus, das Gesicht war staubig und verlieh ihm einen verwegenen Anblick. Seine Haare hingen zottelig in die Stirn. Sobald er beide erblickte, änderte sich sein gehetzter Blick in die typisch freundliche Fassade des Gastgebers. Lauras Herz beruhigte sich langsam wieder.

„Tut mir leid, dass es so spät geworden ist", entschuldigte er sich, „ich hoffe, ihr hattet euch einen schönen Tag gemacht."

„Macht nichts. Wir haben uns wie zuhause gefühlt", Patrik hob sein Glas und prostete ihm zu. „Keine Angst, ist alkoholfrei."

Glenns Blick blieb auf Laura haften.

„Soll ich dich nach dem Essen ins Hotel fahren?"

„Nein, es reicht, wenn wir morgen fahren. Jetzt ist es schon zu spät." Für einen Moment hatte sie das Gefühl, als würde sich hinter seiner Maske etwas regen. Freude? Seine Mundwinkel zuckten.

„Das trifft sich gut. Ich habe vor ein paar Tagen etwas für euch zum Abschied vorbereiten lassen. Die Überraschung."

Sie sah ihn überrascht an. An die hatte sie gar nicht mehr gedacht.

„Ist nichts großes", winkte er ab, „wir gehen nach dem Essen in den Garten. Da zeig ich sie euch."

Glenn setzte sich an den Tisch und Conchita deckte eilig für ihn mit auf.

„Ich hoffe, du hattest wegen mir keine Probleme mit deinen Eltern."

„Nein. Ich habe deinen Rat befolgt und ihnen die Wahrheit gesagt."

Er trank einen Schluck.

„Sie sind sehr angetan von dir und lassen dich herzlich grüßen. Meine Mutter hätte dich zu gerne kennengelernt und mein Vater meinte, dass du ihm gefällst."

Sie lächelte und aß ein Stück des köstlichen Steaks.

„Meine Eltern möchten, dass ich auch ehrlich zu dir bin und dir die Wahrheit sage."

„Glenn komm, lassen wir es gut sein."

„Aber ich bin es dir schuldig."

„Nein, bist du nicht. Ich möchte es nicht hören. Und wenn wir über Schuld sprechen, dann stehe ich ganz allein in deiner. Wer weiß, wie mein Urlaub verlaufen wäre, wenn du uns nicht geholfen hättest. Du bist mir rein gar nichts schuldig."

„Du hast uns im wahrsten Sinne des Wortes den Arsch gerettet!", mischte sich Patrik ein.

„Unser Urlaub entwickelte sich zur Katastrophe. Aber du hast ihn wieder ins positive gedreht. Ich hab die Zeit sehr genossen und werde noch lange daran zurück denken.", sagte sie.

„Und du möchtest wirklich nicht wissen, was ich zu sagen habe?", fragte Glenn.

Sie schüttelte den Kopf.

Er zuckte mit den Schultern: „Okay, dann belasse ich es dabei."

Sie aßen schweigsam zu Abend. Lediglich Patrik hielt Smalltalk mit Glenn. Er erzählte ihm voller Euphorie, was er seinen Freunden alles von seinem Urlaub berichten wollte. Laura beobachtete die beiden genau. Dabei prägte sie sich jedes Detail von Glenns Gesicht, seiner Körperhaltung und seinen makellosen Händen ein. So weich hatte sie sie noch in Erinnerung. Nach dem Essen bat Glenn beide, ihm zu folgen. Sie traten auf die Veranda hinaus. Glenn sprach einen kurzen Befehl in sein Handy und kurz darauf explodierte die Nacht: Mit einem Knall stiegen Raketen auf, zerbarsten zu tausenden kleinen roten, weißen, silbernen und blauen Lichtern. Erhellten den Himmel für Sekunden, nur um der nächsten Explosion Platz zu machen. Verschiedene Muster tanzten über den Abendhimmel. Kleine Sterne, Sonnen und Glitter tauchten das Schwarz in eine wundervolle Atmosphäre.

Dazwischen nahm Laura leises Klicken wahr und sah zur Seite. Einer der Bediensteten hielt diesen Moment mit seiner Kamera fest.

„Zur Erinnerung.", sagte Glenn, der ihren Blick zum Fotografen bemerkt hatte.

Conchita reichte ihnen Getränke und mit ihren Gläsern in der Hand standen sie lange schweigsam zusammen und sahen dem Schauspiel zu. Patrik unterbrach die Stille zwischendurch mit übertrieben gerufenem „Ahh" und „Ohhh". Glenn hatte die ganzen Tage an alles gedacht. Alles war perfekt, dachte sie. Als die letzte sternenförmige Explosion am Himmel erloschen war, drehten sie sich um und gingen zurück ins Haus.

„Es wird Zeit ins Bett zu gehen. Morgen müssen wir früh raus!", entschied Patrik.

Glenn blieb unten an der Treppe stehen und sah beiden hinterher.

„Ich wünsche euch eine gute Nacht."

„Danke, ich dir auch." Laura lächelte ihm kurz nickend zu und folgte Patrik die Stufen hinauf.

„Willst du mir deinen Pass und die Tickets geben? Nicht dass du sie aus Versehen in den Koffer steckst oder in eine Jacke, die du morgen gar nicht trägst."
„Danke, das ist eine gute Idee. Ich geh sie schnell holen."
Patrik hastete die Treppe hoch, immer zwei Stufen auf einmal nehmend.
Sie ging bis nach oben und zu ihrem Zimmer. Gerade, als sie die Zimmertür öffnete, hechtete Patrik über den Flur zu ihr hin.
„Hier, ich musste gar nicht lange suchen."
„Danke. Hattest du die Papiere diesmal schon rausgelegt?"
Verlegen schaute er auf seine Füße.
„Ne, waren in meiner Jacke. Und die war im Koffer, wie du sagtest."
„Da kannst du mal sehen, wie gut ich dich kenne."
Sie lachten.
„Hättest mich doch heiraten sollen, dann…"
„..Würde ich nach kürzester Zeit verrückt werden.", unterbrach sie ihn.

Kurz vor Morgenanbruch fuhren Glenn, Laura und Patrik zum Flughafen. Conchita hatte ihnen kleine Lunchpakete mitgegeben, die sie während der Fahrt aßen. Die Limousine hielt vor dem Terminalgebäude. Während der Chauffeur die Koffer auf die Gepäckwagen lud, standen sie zu dritt zusammen.
„Vielen Dank für die tolle Zeit bei dir, Mann! Würde mich freuen, wenn du auch mal nach Hamburg kommst, dann zeige ich dir den Kiez."
Patrik verabschiedete sich per Handschlag von Glenn und schob langsam seinen Kofferwagen zur Gepäckaufgabe.

„Ich stell mich dann schon mal an und halt dir nen Platz frei!"
Laura wusste nicht richtig, wie sie beginnen sollte.
„Bei uns in Hamburg sagt man Tschüss, anstatt auf Wiedersehen. Also Tschüss bis irgendwann."
„Laura, es gibt so viel, was ich dir noch sagen möchte."
Er hielt sie sanft am Handgelenk fest.
„Glenn, ich wollte nicht, dass du Ärger wegen mir bekommst. Ich mache mich auf den Weg nach Hause und werde für immer verschwinden. Du brauchst nicht mehr sauer auf mich sein."
„Was empfindest du?"
„Ich wollte nicht, dass es soweit kommt."
„Und ich frage dich, was du empfindest. Ich hätte gerne gewusst, ob du ein bisschen Zuneigung für mich fühlst."
„Du hast mich für eine Ehe gekauft und du wolltest, dass ich deine Eltern belüge. Darauf kann man keine Beziehung aufbauen. Außerdem," sie schluckte und sah ihn an, „bin ich noch so verletzt durch Patrik, dass ich mich nicht gleich auf die nächste Beziehung stürzen will. Ich, ich weiß nicht, was ich fühlen soll."
„Also nur Freunde?" Er hielt ihr die Hand hin.
„Nur Freunde."
„Obwohl ich seit einer Woche dein Ehemann bin?"
Sie zog ihre Hand wieder zurück, als er begann, mit seinem Daumen über ihren Handrücken zu streicheln.
„Hör mal Glenn, wir leben in zwei verschiedenen Welten. Du in Amerika, ich in Europa. Ich habe mir ganz alleine, ohne fremde Hilfe meinen Job aufgebaut. Mir macht meine Arbeit Spaß und ich gebe ihn nicht auf. Auf gar keinen Fall! Ich verdiene gut und ich bin glücklich."
„Bei mir hättest du mehr Geld, Millionen."

„Aber es sind deine Millionen. Bei jeder Summe, die ich von dir bekommen würde, hätte ich nur wieder das Gefühl, gekauft zu werden."

Sie blickte auf ihre Hand, die vor einem Moment noch von Glenns warmen, weichen Fingern umschlossen waren und sah den Hochzeitsring.

„Ich hab vergessen, dir den Ring zurück zu geben."

Sie versuchte, den Brillantring von ihrem Finger zu ziehen.

„Nein, behalte ihn. Sieh ihn als eine Art Andenken."

Schweigen bildete sich zwischen ihnen und je länger sie vor ihm stand, desto schwerer fiel es ihr, Lebwohl zu sagen.

„Ich danke dir für die schöne Zeit. Du hättest das alles nicht für uns machen müssen."

„Nur für uns hab ich es getan. Werden wir in Kontakt bleiben?"

„Vielleicht."

„Ich werde dich sehr vermissen!"

Mit einem Lächeln und hastigen Tschüss verabschiedete sie sich von ihm und ging Richtung Flugschalter. Bald würde sie im Flieger sitzen und Glenn nie wieder sehen. Bestimmt vergisst er sie schnell und spielt das gleiche Spiel mit der nächstbesten, die er in Las Vegas aufgabelt. Sie musste blinzeln, um die Tränen zurückzuhalten.

Traurig saß sie in ihrem Sitz und setzte sich die Kopfhörer auf. Patrik zappelte neben ihr ständig im Sitz herum. Er unterhielt sich mit dem Boardpersonal, mit den Passagieren um sich herum oder tippte auf seinem Tablet PC herum, das er von Glenn geschenkt bekommen hatte. Der Flug verging Dank ihrer Müdigkeit schnell und ehe sie sich versah, waren sie in Paris zum Umsteigen für den Weiterflug nach Hamburg. Paris, die Stadt der Liebe, dachte sie. Welche Ironie. Der Mann, den sie dachte zu lieben, war nun nur noch ein Freund und

der Mann, den sie lieben könnte, tausende von Kilometer entfernt.
Sie hätte am liebsten laut geschrien. Irgendetwas kaputt schmeißen können. Stattdessen stand sie neben Patrik am Schalter und wartete schweigsam darauf, durch die Kontrolle zu kommen.
Je mehr sich das Flugzeug dem Heimatflughafen näherte, desto größer wurde der Kloß in ihrem Hals. Sie wusste nicht, wie sie sich verhalten sollte. Hoffte inständig, soviel Ablenkung wie möglich zu bekommen.
In Hamburg wartete Lauras Schwester schon in der Halle am Ausgang. Zum Glück, hatte sie das angekündigte Plakat nicht dabei gehabt.
„Willkommen zuhause ihr zwei!", rief sie ihnen entgegen. Laura und Patrik wurden fest gedrückt.
„Gut seht ihr aus! Nur etwas müde."
Sie lotste die beiden zu ihrem Wagen, sie verstauten alles im Kofferraum und fuhren zu Lauras Wohnung. Dabei redete ihre Schwester Birgit ohne Punkt und Komma und berichtete ihnen, was während ihrer Abwesenheit in Hamburg los war. Über das Hamburger Schietwetter erzählte sie ihnen allerdings nichts Neues.
Der Wagen stoppte vor Lauras Haus und weder Patrik, noch sie machten Anstalten, auszusteigen. Sie sahen sich schweigend an.
„Hallo? Ihr seid zuhause. Wollt ihr nicht aussteigen?"
„Soll ich meine Sachen jetzt schon mitnehmen oder ein anderes Mal wieder kommen?"
„Nein, komm ruhig mit hoch. Ich mache uns noch einen Kaffee und bestell Pizza."
„Hä?", Birgits Blick wanderte von einem zum anderen, „würde mir mal jemand erklären, was hier los ist?"
„Ja, aber erst oben."

Kaum hatte Laura die Tür hinter sich geschlossen, platzte Birgit heraus: „Was ist los mit euch? Ich dachte, ihr kommt verheiratet aus Las Vegas zurück. Was ist passiert?"
„Genau das Gegenteil. Aber wir bleiben Freunde."
Mit einem Blick zu Patrik fügte sie hinzu: „Oder?"
„Ja natürlich! Ich hoffe, du verzeihst es mir irgendwann, dass ich so ein Arschloch war. Es war trotz allem aber ein sehr schöner Urlaub mit dir."
Laura nickte. Der Kloß war wieder da, größer als vorher. Patrik verschwand im Schlafzimmer und Birgit deutete Laura mit einer Geste an, dass sie erzählen soll. Sie setzten sich an den Tisch, während der Kaffee kochte.
„Patrik und ich haben während des Urlaubs festgestellt, dass wir zu verschieden sind und keine gemeinsame Zukunft haben."
„Ach was Laura, jetzt sei nicht so neutral!", rief Patrik aus dem Schlafzimmer, „Die Wahrheit ist die, dass ich mich jeden Abend volllaufen ließ, unser Geld verspielt hatte und Laura mies von mir behandelt wurde. So einen Arsch würde ich auch nicht heiraten wollen. Aber leider merke ich erst jetzt, wo alles vorbei ist, was ich kaputt gemacht habe und es ist hart, zu spüren, wie sehr ich Laura eigentlich liebe."
„Wow!" Mehr erwiderte Birgit daraufhin nicht.
Patrik kam mit einer vollgepackten Tasche zurück ins Wohnzimmer.
„Wie gut, dass ich die Sporttasche bei dir vergessen habe. Passte alles rein."
Er setzte sich zu ihnen und trank seinen Kaffee. Kurz danach wurde die Pizza geliefert. Laura aß schweigend, während Patrik Birgit von ihren Ausflügen nach Disneyworld und New York erzählte. Er lachte beherzt über seine eigenen Witze und die Fettnäpfe, in denen er

während des Urlaubs getreten war. Dabei ließ er Glenn nicht unerwähnt. Irgendwann streckte er sich gähnend, haute sich auf die Oberschenkel und stand schwerfällig auf.

„So Mädels, ich werde mich mal auf den Weg nach Hause machen. Danke für den Kaffee und die Pizza. Wir sehen uns Montag bei der Arbeit, Laura."

„Zu meiner Hochzeit kommst du aber trotzdem noch, Patrik?!"

„Klar!"

Nachdem Laura Patrik zur Tür gebracht hatte, ging sie ins Schlafzimmer. Gefolgt von ihrer Schwester.

„So, jetzt zeige ich dir, was ich dir aus Amerika mitgebracht habe!"

„Au ja!"

Sie öffnete den Koffer und zum Vorschein kam das blaue Kleid, das sich Laura zu Anfang des Urlaubs von ihrem Geld gekauft hatte.

„Oh, das ist aber ein schönes Kleid!", rief Birgit entzückt und nahm es heraus.

Dabei fiel ein Foto auf den Boden. Beide Frauen schauten ihm hinterher.

Es war ein Hochzeitsfoto, auf dem sie mit Patrik und Glenn zu sehen war.

„Hey, du hast ja doch geheiratet!", rief Birgit entzückt und griff nach dem Foto.

„Und was ist denn das für ein heißer Typ da neben dir? Ist er der Grund für euren Streit und die Trennung?"

„Irrtum, er war die Lösung."

„Lösung?"

„Ja, diesen heißen Typen, wie du sagst, habe ich geheiratet. Er hat uns beide sozusagen gerettet."

„Gerettet?"

Doch Laura hörte ihre Schwester nicht mehr. Sie nahm ihr das Foto aus der Hand und schaute auf Glenn. Sofort hatte sie wieder seinen Geruch und die weichen, warmen Hände in Erinnerung.

„Oh, was ist das denn?"

Ein Fotoalbum, lag unter dem Kleid auf der Wäsche im Koffer. Das Deckblatt zierte das gleiche Hochzeitsfoto. Birgit schnappte sich das Buch und wollte sich neben den Koffer auf das Bett setzen, als Laura ihr das Album aus den Händen riss.

„Was ist das denn? Das Buch kenne ich gar nicht."

„Na komm, dann lass uns das zusammen ansehen. Und dabei erzählst du mir alles, was passiert ist."

Der Inhalt des Koffers wurde zur Nebensache. Sie setzten sich zusammen auf die Couch im Wohnzimmer und Birgit kuschelte sich ganz nah an sie ran. Unter dem neugierigen Blick ihrer Schwester öffnete Laura den Buchdeckel. Las Vegas. Wunderbare Fotos der Gebäude und Sehenswürdigkeiten füllten die erste Seite. Das Casino, in dem sie Glenn zum ersten Mal sah, der Roulettetisch. Sie schluckte hörbar.

„In diesem Hotel haben wir gewohnt. Ganz fatal war das Casino. Patrik begann mit Spielen. Ich hatte keine Lust, die ganze Zeit neben ihm zu sitzen und habe meine Runde zwischen den Spieltischen gedreht. Hier beim Roulette habe ich Glenn getroffen."

Sie zeigte auf das Foto.

„Irgendwann fand ich Patrik besoffen wieder. Das Geld war weg und er beschimpfte mich. Er sagte mir eines Abends, dass wir kein Geld mehr haben. Hatte er alles verspielt. Dabei war unser Urlaub erst ein paar Tage alt."

Schnell blätterte sie weiter, doch der Kloß im Hals, der durch die Bilder entstanden war, wurde durch die nächste Seite nur noch größer. Ihre Hochzeit mit Glenn. Viele Bilder. Sie hielten sich die Hände. Sie tauschten die Ringe. Sie standen mit Standesbeamten und Patrik fürs Foto zusammen. Sie küssten sich. Und das schlimmste: Sie sah sehr glücklich aus.

„Wir konnten das Hotel nicht mehr bezahlen und hätten die Tage bis zum Abflug auf der Straße schlafen müssen. Als wir uns dann in der Hotellobby deshalb gestritten hatten, hat Glenn alles mitbekommen. Er bot uns ein Geschäft an. Ich sollte ihn heiraten, damit er sein Millionenerbe bekommt. Dafür bekamen wir Geld und wurden für den Rest unseres Urlaub zu ihm eingeladen."

„Du hast dich verkauft?" Birgit war entsetzt.

„Nein, eher Patrik. Stell dir eine Comicfigur vor, die Dollarnoten in den Augen hat. So sah Patrik aus, als uns das Angebot gemacht wurde."

Birgit atmete zischend ein.

„Und du hast da eingewilligt?"

„Frag mich nicht, was mich da geritten hat. Ich war einfach verzweifelt."

„Ja schon, aber du bist jetzt eine verheiratete Frau!"

„Nein, nur auf dem Papier und nur in Amerika. Wenn ich es hier nicht beim Standesamt angebe, bin ich auch nicht verheiratet."

„Echt? Okay, das wusste ich nicht."

„Hatte mir Glenn so erklärt. Aber auch wenn du es nicht glaubst, an dem Tag gab es Momente, in denen ich vergessen hatte, dass alles ein Geschäft war."

„Ja, das sieht man auf den Bildern. Ihr gebt ein echt hübsches Paar ab."

„Echt, findest du?" Laura horchte auf.

„Ja, er sieht verdammt sympathisch aus. Und sehr sexy. Von dem hätte ich mich auch zum Heiraten kaufen lassen."

Birgit blätterte die nächste Seite um.

„Oh mein Gott, ist das sein Haus?"

„Ja."

„Wahnsinn. Das ist ja ein Traum!"

„Dort war der große Essraum, hier auf der Veranda saßen wir abends nach dem Essen mit Obst oder Cocktails, die uns Conchita servierte."

Sie zeigte auf die Orte auf dem Foto. Ein Portraitfoto von ihr klebte alleine auf einer Seite. Sie schaute verträumt in die Richtung der Felder, das Gesicht vom Sonnenuntergang beleuchtet. *So werde ich dich in Erinnerung behalten*, stand in seiner Handschrift drunter.

„Das ist echt ein schönes Bild von dir, wer hat das gemacht?"

„Keine Ahnung, ich habe gar nicht mitbekommen, dass ich fotografiert wurde."

Auf jeder Seite waren unzählige Bilder. Die Orte, an denen sie gemeinsam waren, wurden mit vielen kleinen Details festgehalten. Dazwischen immer wieder Bilder von ihr und Glenn.

„Also, ich muss ja wirklich sagen, du siehst auf den Bildern nicht so aus, als bist du unglücklich."

„Naja, es war ja auch sehr schön. Er hat mir jeden Wunsch von den Augen abgelesen. Er hat mich verwöhnt und mir gezeigt, dass ich etwas Besonderes bin."

Sie seufzte tief.

„Oh oh!"

„Was?"

„Du bist ja bis über beide Ohren in den Mann verliebt."

„Quatsch, bin ich nicht!"

„Natürlich bist du das! Laura, mach mir nichts vor, ich kenn dich viel zu gut. Du bist ganz klar in ihn verliebt. Komm, erzähl, wie küsst er denn so? Wie ist er im Bett?"

Laura lief rot an.

„Also Birgit!"

„Tut mir leid, aber ich will alles wissen!"

„Wir hatten keinen Sex."

„Ach was, das glaube ich dir nicht."

„Nein, wirklich. Mehr als geküsst haben wir uns nicht. Ich habe immerzu an den Vertrag gedacht und er zeigte mir immer wieder, dass er der harte Geschäftsmann ist."

„Was arbeitet er denn, dass er so ein harter Kerl ist? Und hey, gerade als eiskalter Geschäftstyp hätte er dich doch haben wollen, oder nicht?"

„Er arbeitet in der Ölbranche. Und nein, er war da ein absoluter Gentleman. Er hat mich zu nichts gedrängt und sich an unseren Vertrag gehalten."

„Dann ist er schwul!"

„Nein."

„Bist du sicher? Ich meine, guck dich an: Du bist eine hübsche Frau. Wenn ich mir vorstelle, dass du das Kleid trägst, das ich eben in deinem Koffer gefunden habe, dann kann doch kein Mann widerstehen. Und wenn ich an Patrik denke, der dir teilweise regelrecht sabbernd hinterher gelaufen ist… Ne, der muss schwul sein!"

„Das glaube ich nicht. So intensiv, wie unser Kuss war. Er hat so leidenschaftlich geküsst, dass ich am liebsten weiter gegangen wäre."

„Und warum bist du es nicht?"

Laura schüttelte mit dem Kopf.

„Nein, er hätte mir dann nur noch mehr das Herz gebrochen, wenn ich das zugelassen hätte. Ich bin nicht der One-Night-Stand Typ."
„Naja, du kanntest ihn ja schon ein paar Tage."
„Birgit, du weißt, wie ich das meine! Ich muss in einer Beziehung sein und ohne Liebe kann ich keinen Sex haben."
„Na aber du bist doch verliebt!"
„Schluss jetzt", sie klappte das Album zu und legte es auf den Tisch, „jetzt zeige ich dir, was ich dir mitgebracht habe."
Sie gingen zurück ins Schlafzimmer und Laura holte ein bodenlanges Kleid in einer Schutzfolie heraus. Es war weiß und übersäht mit Stickerei und Pailettenmuster.
„Oh Laura! Das ist wirklich für mich?"
„Ja, ich hoffe, es gefällt dir."
„Es ist wunderschön!" sie hielt es sich an den Körper und drehte sich um die eigene Achse.
„Ich werde das gleich mal anprobieren. "
Sofort zog sie sich den Pulli über den Kopf, streifte die Jeans ab und schlüpfte ins Kleid. Es war etwas zu lang, passte sonst aber wie angegossen.
„Das wird mein Brautkleid!", verkündete sie entzückt.
Birgit drehte sich zu Laura. „Und? Wie sehe ich aus?"
„Traumhaft schön!"
Birgit umarmte sie und drückte sie fest an sich. „Danke, danke, danke!"
„Hab ich gerne gemacht."
„Darf ich es bei dir lagern? Ich möchte nicht, dass Carsten es vorher sieht."
„Natürlich."

Während Laura den Koffer auspackte, bestaunte ihre Schwester die vielen neuen Kleider, die Laura von Glenn geschenkt bekommen hatte. Einige Kleidungsstücke schenkte sie ihr. Vollbepackt machte sich Birgit zwei Stunden später auf den Weg nach Hause und Laura war alleine. Sie setzte sich auf die Couch und sah lange auf das Fotoalbum. Dann nahm sie es auf den Schoß und blätterte es langsam durch.

Der Kloß im Hals kehrte zurück und wurde immer größer und größer. Auf der letzten Seite entdeckte sie, in einer Hülle, eine DVD. „Flitterwochen mit der Königin der Nacht" las sie.

Zögernd schaltete sie den DVD Player an und legte die CD ein. Es war eine Diashow, unterbrochen von kleinen, kurzen Videos und mit Musik untermalt. Jetzt konnte Laura nicht mehr. Der Kloß explodierte und die Tränen liefen Sintflut ähnlich ihr Gesicht hinunter. Die ganze Zeit hatte sie sich eingeredet, dass sie nichts für Glenn empfand. Doch ihre Schwester hatte recht gehabt. Sie war hoffnungslos in ihn verliebt. Sie schaute den Film bis zum Schluss, schaltete den CD Player aus und blieb weinend sitzen. Es war der schönste Urlaub, den sie je hatte. Das Benehmen von Patrik wurde Dank Glenn zur Nebensache. Sie kam sogar zur Erkenntnis, dass sie niemals diese tollen Erlebnisse bekommen hätte, wenn Patrik sich anständig benommen hätte. Sie wäre dann als verheiratete Frau zurückgekommen und hätte vielleicht bereut, ihm das Jawort gegeben zu haben. Sie bekam eine Gänsehaut. Schwerfällig erhob sie sich vom Sofa und legte sich ins Bett.

Nach einer schlaflosen Nacht entschied sie sich, den letzten freien Tag mit Arbeit zu verbringen. Sie wollte nicht an Glenn erinnert werden. Das Fotoalbum verstaute sie in den Tiefen ihrer

Nachttischschublade. Es gelang ihr nicht, ohne Erinnerungen an ihn. Die Wäsche, die sie wusch und zum Trocknen auf den Ständer hing, hatte sie von ihm bekommen. Selbst, als sie ihren Computer hochfuhr, war die erste E-Mail, die ihr entgegen lachte, eine von Glenn. Er fragte, ob sie gut zuhause angekommen war und schrieb ihr, dass sein Haus sich sehr leer ohne sie anfühlte. Er vermisse sie und hoffte, dass sie ihm eine kurze Antwort schickt. Lange suchte sie nach den passenden Worten. Sollte sie ihm schreiben, wie sehr sie ihn vermisste? Dass sie am liebsten sofort zurück zu ihm nach Amerika fliegen wollte? Dass sie sich ein Leben ohne ihn nicht mehr vorstellen konnte? Doch anstatt einen dieser Sätze zu schreiben, schrieb sie drei kurze Sätze:

Hallo Glenn, ich bin gut zuhause angekommen.
Vielen Dank für das Fotoalbum und die DVD.
Alles Liebe, Laura

Sie drückte auf senden und bereute es sofort, so distanziert zu sein. Aber eine zweite E-Mail traute sie sich nicht zu schreiben. Kaputt vom Tag und mit Jetlag in den Knochen legte sie sich früh ins Bett und schlief ein.

Der Einstieg in den Berufsalltag fiel ihr leicht. Ihr Schreibtisch war voll mit Papierstapeln und gierig ergriff sie einen Arbeitsauftrag nach dem anderen. Sie arbeitete alles ab und hielt Gespräche mit Kollegen und Redakteuren. Laura schaffte es, kaum an Glenn zu denken. Die ersten Wochen trafen sich Patrik und Laura morgens und fuhren gemeinsam zur Arbeit. Nach Feierabend das gleiche. Für beide war

es hart, Fragen zu einer möglichen Hochzeit im Urlaub zu verneinen und Fragen nach dem „Warum denn nicht" zu beantworten. Sie wollten den Schein wahren, dass zwischen ihnen alles in Ordnung war und nach und nach einzeln kommen. Es sollte den Eindruck machen, als lebten sie sich auseinander. Fünf Monate waren vergangen und ein neues Jahr hatte begonnen. Es waren nur noch acht Wochen, bis zur Hochzeit ihrer Schwester. Sie war viel damit beschäftigt, bei der Organisation und den Vorbereitungen für den Junggesellinnenabschied zu helfen. Laura war gerade dabei, ihre Schwester per Telefon zu beruhigen, dass alles nach ihren Vorstellungen klappen würde, als Anne an ihre Bürotür klopfte:
„Laura, da ist jemand für dich. Er sagt, es wäre wichtig, dass du dir heute noch Zeit für ihn nimmst."
Sie schaute kurz auf die Uhr.
„Danke Anne, sag ihm, in zehn Minuten habe ich Zeit."
„Ein wichtiger Kunde?", fragte ihre Schwester am anderen Ende, „dann höre ich jetzt lieber auf, dich zu stören."
„Ach was, tust du nicht. Ich melde mich heute Abend nochmal bei dir."
Als sie zu ihrem Termin kam, sagte ihr das Gesicht nichts. Es kam ihr zwar bekannt vor, sie erkannte aber keinen Kunden.
„Guten Tag Miss Evans. Vielen Dank, dass sie sich Zeit für mich genommen haben."
Sie erschrak. So wurde sie seit ihrem Urlaub in Las Vegas nicht mehr genannt.
„Ich heiße nicht Evans. Mein Name ist Stammer."
„Dann haben sie die Hochzeit annullieren lassen?"
Jetzt verstand sie.
„Sie sind Glenns Vater?" Er hatte sehr große Ähnlichkeit mit Glenn.

„Er sagte zu mir, wir sind erst verheiratet, wenn ich es hier beim Standesamt eintragen lasse."

Lächelnd schüttelte er den Kopf.

„Die Eheschließung ist rechtens. Hier gibt man beim Standesamt nur an, dass man geheiratet hat und lässt den Namen eintragen."

„Also bin ich…"

„Miss Glenn Evans."

Sie musste sich setzen und den Schock verdauen. Er hatte sie als Ehefrau gekauft.

„Ich fasse es nicht! Er hat mich angelogen! Weil er nicht geerbt hätte?"

„Geerbt?", Glenns Vater musste lachen, „was sollte er erben?"

„Ihre Firma. Er sagte, würde er nicht heiraten, würden sie ihm nichts vererben."

„Das ist seine Firma. Wir haben sie ihm vor fünf Jahren überschrieben."

Fassungslos schüttelte sie mit dem Kopf. Sie wusste nicht, was sie sagen sollte.

„Darf ich sie nach Feierabend zum Essen einladen? Ich glaube, ich kann ihnen alles erklären."

Mehr als ein Nicken brachte sie nicht zustande. Es war, als wurde ihr der Boden unter den Füßen weggezogen. Als würde sie in ein Haifischbecken geschmissen, mit einer Kirsche garniert werden und „Guten Appetit" hinterher gerufen.

Sie war verheiratet! Wie verzweifelt war sie gewesen, dass sie dieses Geschäft nicht hinterfragt hatte? Sie erkundigte sich immer genau. Wieso nicht da? Wut stieg in ihr auf. Auf sich, auf Glenn und auf Patrik. Und Hoffnung: War es Glenn ernst gewesen, mit dieser Hochzeit? Ist er seit ihrer Trennung Single geblieben? Völliger

Blödsinn! Ein gutaussehender, wohlhabender Mann würde nicht lange alleine bleiben. Er könnte jede haben. Entschlossen sah sie Mister Evans an.

„Ich mache in einer Stunde Feierabend."

„Okay, ich hol sie ab und sie suchen ein nettes Restaurant aus."

„Unter einer Bedingung: Sie erzählen mir bitte alles. Auch, wie ich die Ehe rückgängig machen kann."

Sie stand auf und gab Mister Evans die Hand. Nachdem er ihr Büro verlassen hatte, ließ sie sich seufzend zurück in den Sessel fallen. Während die Sonne durch die Lamellen ins Zimmer schien und kleine Staubkörnchen um sie herum durch die Luft tanzten, griff sie zum Hörer und rief in Patriks Abteilung an. Sie hatte eine Kollegin am Apparat und ließ Patrik ausrichten, dass er sofort in ihr Büro kommen musste. Nachdem sie auflegte, wischte sie sich über ihr Gesicht. Was für ein Tag. Er versprach so gut zu beginnen und drohte jetzt, im Chaos zu enden. Oder sollte es doch positiv ausgehen? Nein, positiv war alles, aber nicht die Tatsache, dass sie seit Monaten schon verheiratet ist. Ohne es zu wissen. Und ohne es zu wollen.

„Na, was gibt es? Probleme mit der Drucker-Software?"

„Komm rein und mach die Tür hinter dir zu."

Patrik tat, wie ihm geheißen und setzte sich erwartungsvoll ihr gegenüber.

„Also? Was gibt es?"

„Du hast mir ganz schön was eingebrockt, weißt du das?"

„Wieso, was hab ich jetzt wieder angestellt? Egal was es ist, ich weiß davon nichts. Ich hab nichts gemacht!"

„Weißt du, wer heute bei mir war? Michael Evans!"

Patrik schüttelte den Kopf. „Ich kenne keinen Michael Evans. Moment, Evans? Glenn Evans! Du meinst, Glenns Vater?"
„Glenns Vater, ganz genau. Und weißt du was? Deinetwegen bin ich nach amerikanischem Gesetz verheiratet. Ich darf die Suppe wieder auslöffeln, die du mir eingebrockt hast. Jetzt muss ich nach Amerika und die Scheidung einreichen. Dabei habe ich gar nicht alle Papiere. Ich darf mir alles zusammen suchen."
„Wieso scheiden lassen? Glenn ist doch ne gute Partie für dich. Und ich glaube, er mag dich auch sehr. Du solltest ihn nur auf Tauglichkeit prüfen. Ob er genau so ist, wenn er getrunken hat. Sonst kommst du vom Regen in die Traufe."
„Witzig! Ich könnte dich wieder erschlagen!"
„Du könntest mir dankbar sein. Ich lecke mir immer noch die Wunde unserer Trennung, denn ich habe dich in die Arme eines anderen getrieben. Also mach was draus. Welche Frau kann schon sagen, dass sie nach einer Trennung noch mit ihrem Ex befreundet ist. Ich gebe dich ohne weiteres frei für einen anderen Mann."
„Toll, alle geben mir immer nur gute Ratschläge. Ich möchte Liebe und Geborgenheit spüren und nicht immer nur das Gefühl haben, dass mich die Männer nur mit einem Gedanken haben wollen: Fürs Bett!"
„Also ich habe mehr als nur Bettgefühle für dich. Aber ich habe das nicht geschätzt. Also solltest du die Scheidung einreichen, ich wäre noch Single und zu deiner Verfügung."
„Ne lass mal. Du weißt, es würde nicht wieder so werden, wie es mal war."
„Und was wirst du jetzt machen?"
„Ich weiß es nicht", Laura atmete lautseufzend aus und schaute aus dem Fenster, „Nachher treffe ich mich mit Glenns Vater. Er will mir

alles erzählen. Dann werde ich eine Entscheidung treffen. Ich dachte, mit Abreise wäre das Thema erledigt. Hätte ich das vorher gewusst…"

„… hättest du es trotzdem so gemacht. Und wessen Schuld ist es? Meine. So, ich muss wieder in die Druckerei. Sag mir Bescheid, wie das Gespräch war."

Patrik verließ das Zimmer und ließ Laura im Chaos ihrer Gefühle alleine.

Eine knappe Stunde später verließ sie ihr Büro und erreichte die Eingangshalle des Bürogebäudes. Herr Evans wartete bereits in einem der dunklen Ledersessel, die auf dem hellen Hallenboden wie Farbtupfer auf einem Dalmatiner drapiert waren.

„Haben sie sich für ein Restaurant entschieden?"

„Ja, kommen sie mit. Ich hoffe, sie mögen Fisch?"

„Ich liebe Fisch!"

Nicht weit entfernt am Hafen war ein Restaurant, das bekannt für seine Fischspezialitäten war. Kaum hatten sie ihre Bestellung aufgegeben, stützte Laura die Ellbogen auf den Tisch, verschlang die Finger ineinander und legte ihr Kinn darauf ab. Sie war neugierig und brannte darauf, alles zu erfahren. Gleichzeitig musste sie sich zusammenreißen und nach Fassung ringen, um nicht zappelig vor Aufregung vor ihm zu sitzen.

„Also? Erzählen sie! Und beginnen sie am besten bei dem Tag, an dem Glenn mit mir zu ihnen kommen wollte."

Er nickte, trank in Ruhe einen Schluck seines Bieres und sah sie an.

„Glenn kam zu uns und meinte: Mom, Dad, ich hab großen Mist gemacht. Als wir ihn fragten, was los ist, sagte er, er hat sich verliebt.

Ist doch schön, meinte ich zu ihm, aber er antwortete uns, dass er alles kaputt gemacht hat."

Hatte sie gerade richtig gehört? Er hatte sich verliebt? In sie?

„Glenn dachte, dass er sie für sich gewinnen könnte, wenn er den gleichen Trick anwenden würde, wie sein Vater es damals getan hat."

„Gleicher Trick?"

„Die Heirat. Meine Frau kommt aus Deutschland und lebte für ein Jahr als Au Pair Mädchen in unserem Ort. Sie besuchte die gleiche Schule, wie ich und lebte sich schnell ein. Ja, sie verliebte sich regelrecht in mein Land und wollte für immer in Amerika leben. Sie sollte nach ihrem Au-Pair Jahr wieder gehen und so entschieden wir, zu heiraten. Sie sah mich bis dahin nur als Freund, aber ich war total in sie verliebt. Die Scheinehe half ihr, in den USA zu bleiben und mir, sie weiter um mich zu haben. Natürlich hatte ich ihr auch gesagt, dass die vom Amt öfters vorbei kommen würden, um zu prüfen, ob wir wirklich eine Ehe führten. Also hatten wir ein gemeinsames Haus, gemeinsames Schlafzimmer und alles andere."

Er nahm noch einen Schluck Bier.

„Oh man, dieses deutsche Bier schmeckt einfach köstlich." Er leckte sich den Schaum von den Lippen.

„Mit der Zeit hat auch Mary Liebe für mich empfunden und ich habe ihr alles gebeichtet."

„Und Glenn dachte, wenn er mich heiratet, bleibe ich bei ihm?"

„Ich glaube schon."

„Ich bitte sie!" Laura lehnte sich zurück und sah ihn aus der Distanz an.

Sollte sie ihm den Blödsinn glauben? Glenn kannte sie nicht. Sie hatten sich zweimal gesehen und kurz miteinander gesprochen. Und dann geheiratet.

„Warum hat er die Ehe nicht annulliert, nachdem ich wieder zurückgeflogen bin?"
„Das kann ich ihnen nicht sagen. Wir haben ihm gesagt, dass er ihnen die Wahrheit sagen soll. Dass er sich bei ihnen entschuldigen muss und seine Gefühle offenbaren sollte."
„Aber ich wollte ihm nicht mehr zuhören." Sie erinnerte sich an seinen Versuch, ihr alles zu erklären. „Zweimal habe ich ihn abblitzen lassen. Ich war zu traurig, zu verletzt, als dass ich noch mehr hören wollte."
Sie sprachen noch lange. Lauras Essen blieb unberührt, während er vor Entzückung mit Komplimenten an den Chefkoch um sich warf und den Teller mitsamt Salatdeko leer aß.
„Mein Vorschlag an sie ist, dass sie mit mir nach Amerika zurückkommen. Ich helfe ihnen bei ihrem weiteren Vorgehen. Ob sie die Scheidung einreichen wollen oder sich mit ihm aussprechen wollen. Sie haben meine Unterstützung."
„Aber ich kann nicht mal eben nach Amerika. Ich muss erst Urlaub einreichen und ob ich den so schnell bekomme, geschweige denn einen Flug finde, der finanzierbar ist."
Mister Evans sah sie an und sofort musste sie an das Geld denken, dass sie von Glenn für die Heirat bekam: „Patrik und ich haben das Geld geteilt und ich hab meiner Schwester etwas abgegeben. Sie heiratet in zwei Monaten. Und ich musste mein Auto abbezahlen."
„Sie brauchen sich nicht zu rechtfertigen, was mit dem Geld passiert ist. Machen sie sich um die Reisekosten keine Sorgen, dafür komme ich auf. Flug, Hotel, Transport. Das übernehme ich."
„Aber!"
„Kein Aber, das Glück meines Sohnes kann nicht teuer genug sein."
„Wenn ich die Scheidung will, ist er nicht glücklich."

„Dann weiß er aber, woran er ist und kann nach Zeit des Trauerns wieder glücklich werden."

Laura merkte, dass ihm sehr viel daran gelegen war, wenn sie ihn begleitete und so entschied sie sich, mit Glenns Vater in die Staaten zu fliegen und dort die Scheidung einzureichen. Sie wollte Glenn nicht die Genugtuung geben, sie reingelegt zu haben. Und doch hoffte sie, dass ihm etwas an ihr lag. Sie reichte ihren Urlaub ein und konnte eine Woche später mit Michael zusammen in die USA fliegen. Die Zeit bis dahin verbrachte sie nachmittags damit, Michael die Sehenswürdigkeiten der Stadt zu zeigen. In dieser Zeit hatte er Laura das „du" angeboten und sie schätzte ihn als Menschen sehr. Sie hatte ihn während der Woche in Hamburg regelrecht in ihr Herz geschlossen. Wie der Vater, den sie nie hatte. Früh am Morgen trafen sie sich am Flughafen und hatten noch etwas Zeit zum Einchecken, bevor sie das Flugzeug betraten. Die von Michael gebuchte First Class bot ihr komfortablen Platz und brachte sie nach vielen Stunden bequem in Glenns Heimat. Michael hatte niemandem von ihrer Ankunft erzählt. Keiner erwartete sie am Flughafen, als sie mit ihren Koffern zum Ausgang gingen.

„Da hinten im Parkhaus steht mein Privatwagen. Ich dachte mir, wir fahren direkt zu Glenn. So hast du es hinter dir."

Sie schüttelte mit dem Kopf und sah ihn an: „Ich würde lieber ins Hotel nach Las Vegas und ihn dort treffen, wo wir uns das erste Mal begegneten."

Michael dachte kurz nach und nickte. Er versicherte ihr, dass Glenn mit großer Wahrscheinlich dort sein würde und nahm ihr das Versprechen ab, ihr Treffen in Hamburg geheim zu halten. Nach ein paar Stunden erreichten sie das Hotel, in dem sie vor einigen Monaten mit Patrik war. Michael buchte eine Suite für Laura und brachte sie auf ihr Zimmer. Vor der Tür verabschiedete er sich von ihr und fragte sie, ob sie ihn am nächsten Morgen abrufen würde. Er war neugierig, wie ihr Treffen mit Glenn verlaufen würde. Laura sagte zu und war kurz darauf alleine in ihrem Zimmer. Sie blickte sich um. Es war genauso ausgestattet, wie bei ihrem letzten Besuch, obwohl sie dieses Mal ein Einzelzimmer hatte. Das Bett war dennoch riesig und bot Platz für zwei. Sie machte sich frisch, zog sich um und lief im Zimmer auf und ab. Noch eine Stunde, dann würde sie nach unten ins Casino gehen. Ob Glenn dort war? Ob sie ihn wieder an dem Roulette Tisch traf? Sollte sie wirklich hingehen? Ihr Magen knurrte und sie entschied, vorher etwas zu essen. Damit sie ihm nicht zufällig in der Hotellobby begegnete, bestellte sie sich eine Kleinigkeit aufs Zimmer. Als es wenig später an der Tür klopfte und der Zimmerservice einen kleinen Wagen mit dem Essen hinein schob, lag neben der silbernen Tellerglocke ein weißer Umschlag. Der Hotelbedienstete bemerkte ihren Blick.

„Dieser Umschlag wurde für sie abgegeben."

Neugierig öffnete sie ihn und fand einen Brief, sowie zweihundert Dollar darin.

Liebe Laura, damit der Aufenthalt im Casino Spaß macht, spendiere ich Dir den ersten Roulette-Einsatz.
Liebe Grüße Michael.

Sie musste schmunzeln, gab dem Kellner ein Trinkgeld und wurde sofort wieder alleine gelassen. Ihr sogenannter Schwiegervater war genauso großzügig, wie ihr Mann. Wie sich das anhörte: Ihr Mann. Das Essen schmeckte köstlich und obwohl sie keinen großen Hunger hatte, aß sie alles auf. Langsam schritt der Zeiger der Uhr auf neun

Uhr abends voran. Je später es wurde, desto nervöser wurde sie. Immer wieder kontrollierte sie ihr Make-Up und ihre Frisur im Spiegel, strich sich das Kleid glatt und prüfte ihre Handtasche. Hatte sie das Geld eingepackt? Natürlich hatte sie das. Sie wusste es durch die letzten zehn Kontrollen bereits. Ihr Puls raste vor Aufregung, als sie in ihre Schuhe schlüpfte und die Zimmertür hinter sich verschloss. Tief atmete sie ein und machte sich auf den Weg. Auf in den Kampf. Der Fahrstuhl schien ewig bis nach unten zu brauchen und als sich die Türen zum Erdgeschoss endlich öffneten, war sie versucht, wieder auf den Knopf nach oben zu drücken. Stattdessen machten ihre Beine ein paar mutige Schritte hinaus in die Lobby. Der Eingang zum Casino leuchtete ihr entgegen und lud sie regelrecht ein, zum Spielen zu kommen. Mit zittrigen Beinen betrat sie den roten, weichen Teppichboden und hielt auf die Roulettetische zu. Hoffentlich sah niemand, wie nervös sie war. Oh Gott, möge mir die Stimme vor Aufregung bloß nicht versagen! Sie entdeckte Glenn an einem der Roulettetische. Er saß mit dem Rücken zu ihr und war ins Spiel vertieft. Der Platz neben ihm war frei. Ihr Herz tat einen Hüpfer, obwohl sie Glenn die Scheidung ankündigen wollte. Hier, in seinem Land sagte ihr Herz auf einmal etwas anderes. Ihr Kopf sagte, sie sollte kehrt machen, während ihr Herz schrie, sie soll sich ihm an den Hals werfen.

„Ist der Platz noch frei?" Ihre Stimme klang erstaunlich fest, obwohl sie das Gefühl hatte, wie Espenlaub zu zittern.

„Ja bitte."

Eher flüchtig blickte er zu ihr auf. Doch als er sie sah, riss er die Augen auf und ließ die Chips fallen, die er in Händen hielt. Er sprang auf und umarmte sie spontan.

„Laura, du hier? Was machst du hier? Wie bist du hierhergekommen?"

„Sollte ein frisch verheirateter Mann nicht zuhause sein und auf die Ankunft seiner Frau warten, anstatt sein Geld zu verspielen?"

Er lachte auf.

„Ja, du bist es wirklich. Komm, lass uns irgendwo anders hingehen. Hast du Hunger? Wollen wir etwas essen?"

Hastig sammelte er seine Spielchips vom Tisch und vom Boden auf und reichte ihr den Arm, dass sie sich einhaken konnte.

„Ich bin vorhin erst angekommen und hab den Jetlag in den Knochen. Ich bin sehr müde."

„Ist Patrik auch mit?"

„Nein, ich bin alleine."

„Dann lass uns in dein Zimmer gehen. Ich bestelle uns eine Flasche Champagner und wir feiern unser Wiedersehen."

„Erhoff dir nicht zu viel. Ich bin hier, um mit dir ein Hühnchen zu rupfen."

„Ein Hühnchen rupfen? Was ist das? Sagt man das bei euch so und für was?"

„Ich will dir damit sagen, dass ich sehr enttäuscht von dir bin."

„Was? Du von mir? Wieso? Ich bin nicht enttäuscht von dir, denn ich habe es gewusst, dass du wieder kommst. Ich war mir sehr sicher, du empfindest mehr für mich und würdest nach einiger Zeit wieder zurückkommen."

„Weil du gewusst hast, dass du mich gelinkt hast."

„Nein, ich habe dich nicht gelinkt, ich habe dich von der ersten Minute an geliebt. Als ich dich gesehen hab, wusste ich, wir gehören zusammen. Ich habe nur euren Streit ausgenutzt, um an dich ran zu kommen. Und das ist mir doch auch gelungen."

Sie musste zugeben, dass er damit Recht hatte. Es fühlte sich gut an, zu wissen, was er von der ersten Minute für sie empfunden hatte. Dennoch erinnerte sie ihr Kopf daran, dass es eine Masche sein könnte. Sei vorsichtig! Ihr Herz war da ganz anderer Meinung. Die beiden waren bis zu den Fahrstühlen gekommen, ohne dass Laura wirklich mitbekam, dass sich ihre Beine bewegt hatten.

„Und, wo wollen wir nun hin?"

Er kuschelte sich an ihre Seite.

„Gehen wir nach oben." Nein! Renn weg, noch hast du die Möglichkeit!

„Warte kurz hier, ich muss nur schnell was erledigen." Glenn lief zur Rezeption, sprach etwas zur Dame hinter dem Tresen und zeigte auf Laura. Die Frau blickte kurz zu ihr, lächelte dann und nickte ihm zu. Kurz darauf war er wieder bei ihr und betätigte den Fahrstuhlknopf. Nachdem sie in den Fahrstuhl gegangen und sich die Türen hinter ihnen geschlossen hatten, nahm Glenn sie in die Arme, zog sie fest an sich und küsste sie auf die Stirn. Er drückte sein Gesicht in ihr Haar und sie sog seinen Duft ein. Er roch noch genauso gut wie vor ein paar Monaten, als sie sich zuletzt gesehen hatten. So blieben sie stehen. Schweigsam darauf wartend, dass der Fahrstuhl sich öffnete und sie den Weg in ihr Zimmer fortsetzen konnten. Die letzte Hürde war geschafft, als die Zimmertür hinter ihnen ins Schloss fiel. Sofort drehte er sich um, zog Laura an sich und küsste sie mit einer Leidenschaft voller Sehnsucht nach mehr. Sie genoss den Kuss und wollte sich ihm ganz hingeben. Aber sie entschied sich dagegen und drückte ihn von sich.

„Erlaube dir nicht zu viel. Du bist in meinem Zimmer. Hier habe ich das Sagen. Und wie ich dir schon sagte, wir müssen reden."

Glenn sah sie perplex an, doch wieder kam der Geschäftsmann zurück und er fasste sich.

„Gut, ich habe so lange gewartet, da kommt es auf den Moment länger nicht an."

Er setzte sich auf die Couch und sah sie an. Laura musste kurz schlucken. Jetzt war der Zeitpunkt gekommen. Hatte sie den Mut dazu?

„Ich möchte dir sagen, dass ich hierhergekommen bin, um die Scheidung von dir zu verlangen."

„Hast du dich mit Patrik wieder vertragen? Ihr seid wieder zusammen und wollt doch heiraten. Ich hätte es wissen müssen, er hat dich nicht kampflos aufgegeben."

„Nein. Lass mich ausreden."

Erleichtert atmete Glenn aus und sah sie an.

„Auf Lügen und Falschheiten möchte ich mit keinem Mann leben. Darauf kann man keine solide Beziehung und schon gar keine Ehe aufbauen."

Glenn stand auf und kam auf sie zu.

„Laura, ich möchte dich nicht aufgeben. Ich möchte mit dir leben, dich lieben und Kinder mit dir haben. Ich bin seit über fünf Monaten mit dir verheiratet und habe dich seitdem nicht berührt. Ich sehne mich nach dir, mit jeder einzelnen Faser meines Körpers. Ich habe die Chance ausgenutzt, dich als Ehefrau zu haben, bitte gebe mir auch die Chance, dich als Geliebte zu erobern. Du wirst sehen, ich werde dich nicht enttäuschen. Sag deine Wünsche und ich erfülle sie dir alle. Egal, was es kosten möge."

Laura schüttelte vehement den Kopf und ging ein paar Schritte zurück.

„Siehst du, das ist der Unterschied zwischen uns. Mit Geld erreichst du nichts bei mir. Ich möchte nicht gekauft werden, ich möchte kein Geld bekommen, ich möchte nicht abhängig von deinem Geld werden. Ich habe mein eigenes Konto, meinen Beruf, meine Wohnung. Ich habe mir alles alleine aufgebaut und möchte meine Freiheit nicht aufgeben, um kleingehalten zu werden."
„Gibst du mir denn nicht eine zweite Chance?"
„Doch, eine Chance bekommst du. Ich nutze jetzt deine Schwäche und deine Ehrlichkeit. Wenn du bis morgen die Scheidungspapiere unterschreibst, werde ich deinen Geburtstag mit dir feiern."
„Wenn du die Scheidung wirklich willst, werde ich auch unterschreiben. Aber dann kann ich dir versichern, wird mir nicht nach Feiern zumute sein."

Es klopfte an die Tür und der Zimmerservice brachte eine gekühlte Flasche Champagner, die Glenn entgegen nahm. Er schloss die Tür und drehte sich zu Laura.
„Die habe ich wohl zu früh bestellt. Aber lass uns trotzdem zusammen anstoßen. Darauf, dass du zurückgekommen bist und ich zumindest in diesem Punkt triumphieren kann."
„Willst du mich abfüllen?"
„Naja, vielleicht ein kleiner Funke Hoffnung, den ich habe, dass du deine Meinung ändern könntest, wenn wir die Flasche leergetrunken haben."
Er grinste verschmitzt.
„Nein, dann trinke ich lieber nichts. Ich möchte dir keine Hoffnung geben, indem ich betrunken bin."

„So habe ich das nicht gemeint. Ich würde niemals etwas von dir verlangen, das du nicht selbst auch willst. Was kann ich tun, damit du bei mir bleibst?"

„Du kannst nichts tun. Ich habe meine Entscheidung getroffen."

„Also wird das hier unser Abschiedstrunk werden. Jeder ein Glas, mehr nicht. Es soll keiner von uns nicht mehr Herr seiner Sinne sein."

Er öffnete die Flasche und füllte beide Gläser.

„Dann auf deine Entscheidung. Auf dass wir trotzdem Freunde sein können."

Glenn trank sein Glas in einem Zug leer und stellte es zurück auf den kleinen Teewagen.

„Ich habe das wertvollste in meinem Leben verloren. Wertvoller als alles Geld der Welt. Ich dachte, dass ich dich mit allen Mitteln, die mir möglich sind, erobern könnte. Aber ich habe es nicht geschafft. Ich dachte, ich könnte es erreichen, mit dir alt zu werden."

Glenn kam auf sie zu und nahm ihre Hand.

„Es würde mir das Herz brechen, wenn du gegen deinen Willen in einem goldenen Käfig sitzt und unglücklich bist. Das habe ich nicht gewollt. Es tut mir leid, dass ich dir das Leben so erschwert habe. Mein Anwalt wird die Scheidungspapiere morgen fertig haben und sie dir zum Unterschreiben ins Hotel bringen. Auf Wiedersehen Laura."

Er gab Laura einen kurzen Kuss auf die Wange, streichelte ihr über die Hand und verließ das Zimmer. Laura stand alleine da. Immer noch das Champagnerglas in der Hand. Sie stellte das Glas zurück auf den Wagen und starrte die Tür an. Was sollte sie machen? War es wirklich das, was sie wollte? Irgendwie hatte sie sich das alles anders vorgestellt. Ihre Hände zitterten und sie spürte, wie sich die Augen mit Tränen füllten. Um ihre Meinung zu ändern, war es jetzt zu spät. Sie hatte ihm alles gesagt und konnte es nicht mehr rückgängig machen. War es richtig so? Was ist, wenn er sich vor Kummer etwas antun würde? Sie hatte ihm alle Hoffnungen genommen. Sie hatte ihm das Herz gebrochen. Jetzt, nachdem er ihr seine Liebe gestanden hatte. Tränen liefen ihr über die Wangen und hinterließen eine warme Spur. So warm und zart, wie das Streicheln seiner Finger. Ihr Schluchzen wurde lauter, die Tränen mehr und sie sackte auf den Boden zusammen. Sie war so dumm. Warum war sie nur immer zu stolz, um sich auf jemanden voll und ganz einzulassen? Sie versuchte, sich zu beruhigen und entschied, Michael anzurufen. Sie wollte ihm, wie besprochen, von dem Gespräch mit Glenn berichten. Michael hörte sich alles an und beruhigte Laura, die wieder zu weinen anfing.

„Wenn du möchtest, rufe ich ihn an und versuche zu hören, wie es ihm geht. Mach dir aber keine Sorgen, er würde sich niemals etwas antun."

Sie war einverstanden und nachdem sie das Gespräch beendet hatten, lief sie ungeduldig im Zimmer auf und ab. Michael hatte ihr versprochen, sie zurückzurufen, sobald er Glenn gesprochen hatte. Hoffentlich behielt er Recht. Hoffentlich ging es Glenn gut. Michael sagte ihr, sie sollte schlafen gehen. Aber sie konnte nicht an Schlaf denken. Die ganze Zeit ging Glenn ihr durch den Kopf. Sie hatte versucht, ihn aus der Reserve zu locken. Er war anders als Patrik. Sie hoffte, dass Glenn noch einmal zu ihr kam. Doch nichts passierte. Als sie Stunden später das ständige umherlaufen satt hatte, zog sie sich um und legte sich auf ihr Bett. Aber anstatt zu schlafen, starrte sie an die Decke und immer wieder auf die Uhr. Es war gerade dreiundzwanzig Uhr, als das Telefon klingelte. Sofort sprang sie auf und griff nach dem Hörer. Es war Michael.

„Ich hoffe, ich habe dich nicht geweckt?"

„Nein, ich kann nicht schlafen. Hast du Glenn gesprochen?"

„Ja. Glenn ist betrunken. Er sitzt unten an der Bar. Vielleicht könntest du ihm ein Zimmer buchen und ihn dazu bringen, dass er sich seinen Rausch ausschläft. Du bist im Moment die einzige, auf die er hören würde."

„Ja, okay. Ich werde es versuchen."

Sie konnte es kaum erwarten, das Gespräch zu beenden und zog sich hastig wieder an. Schnell kontrollierte sie ihr Gesicht im Spiegel. Es sah schrecklich aus. Doch das war ihr egal. Mit einem flüchtigen Griff zum Zimmerschlüssel eilte sie auf den Flur und hämmerte auf den Fahrstuhlknopf ein. Der kleine Raum, der sie mit seiner ruhigen Musik eher verhöhnte, zwang sie dazu, etwas zur Ruhe zu kommen. Sie tippelte mit dem Fuß auf dem Boden herum und hoffte, so den Fahrstuhl schneller nach unten fahren zu lassen. Völliger Blödsinn! Das wusste sie selbst. Doch wie lange würde Glenn noch in der Bar sitzen? Was, wenn er gerade in diesem Moment das Hotel verlässt? Kaum öffneten sich die Türen, hastete sie durch die Lobby in Richtung Bar. Sie konnte ihn vom Eingang aus sehen und verlangsamte ihr Tempo.

„Hallo Glenn", sagte sie, als sie neben ihm stand, „willst du nicht langsam schlafen gehen?"

„Laura? Na, kannst du auch nicht schlafen? Komm, ich spendiere dir einen Schlaftrunk."

Er winkte dem Barkeeper zu.

„Weißt du, es ist das erste Mal, dass ich voll bin. Und das, weil mein Herz blutet. Mein Herzblatt will mich nicht haben. Ich weiß nicht einmal, warum. Sehe ich so schlecht aus? Bin ich so arrogant? So egoistisch? So ein schlechter Mensch?"

Laura antwortete nicht. Sie wusste plötzlich keine Antwort.

„Entschuldige, aber ich suche Gründe. Alle Frauen wollen mich, warum du nicht?"

Er sprach mal deutsch, mal englisch. Sie hatte Schwierigkeiten, ihm zu folgen und musste sich genau auf ihn konzentrieren. Der Alkohol erschwerte seine Aussprache zusätzlich.

„Komm, wir gehen nach oben. Du musst jetzt etwas schlafen."

Zusammen mit einem Pagen brachte sie ihn nach oben in ihr Zimmer. Schwerfällig ließ sie ihn auf das Bett fallen und gab dem an der Bettkannte stehenden Hotelangestellten ein Trinkgeld. Sie waren kurz danach alleine. Sollte sie ihn so angezogen lassen? Sie entschied sich, ihm Schuhe, Hose und Jackett auszuziehen.

„Was machst du mit mir?" Doch eine Antwort wartete er nicht ab. Stattdessen sank er in einen tiefen Schlaf. Laura deckte ihn zu, nahm sich eins der Kissen vom Bett, die zweite Decke und legte sich auf die Couch. Sie war erleichtert, dass es ihm gut ging. Auch wenn er nicht mehr gerade stehen konnte: Er war am Leben und lag schlafend in ihrem Zimmer. Schlafen konnte sie nicht. Glenn war sehr unruhig, wälzte sich immer wieder hin und her und rief zwischendurch ihren Namen. Sie entschied sich, mit ihrem Kissen und ihrer Decke zurück ins Bett zu gehen. Als spürte Glenn ihre Anwesenheit neben sich, wurde er ruhiger. Er drehte sich zu ihr um und legte den Arm um sie. Von ihm strahlte eine Wärme aus und sie empfand ein wundervolles Gefühl der Geborgenheit. Endlich kam auch sie zur Ruhe, schloss die Augen und schlief ein.

Am frühen Morgen wachte sie vor Glenn auf. Sie lag noch immer in seinem Arm. Er schlief tief und fest und sein warmer Atem streifte ihre Wange. Laura nutzte die Gelegenheit, ihn genauer anzusehen. So nah war sie ihm nur im Pool auf seiner Ranch gekommen. Aber da konnte sie sich nicht so entspannt auf ihn konzentrieren. Ihr Blick ruhte auf seinen vollen Lippen, verfolgte die Konturen, glitt hinauf zu seiner weich geschwungenen Nase, hinüber zu seinen dichten, langen Wimpern, hinweg über die Augenbrauen, um die ihn jede Frau beneiden würde. Glenn rührte sich, zog Laura kurz fester an sich und öffnete dann die Augen. Als er Laura erblickte, erschrak er und setzte sich schnell auf.

„Oh mein Gott, was ist passiert? Haben wir…? Oh nein, ich habe dich gedrängt. Laura, das wollte ich nicht!"

Er sprang aus dem Bett, griff sich erschrocken in die Haare und ging fassungslos im Zimmer auf und ab. Laura setzte sich auf und reflexartig zog sie sich die Decke bis hoch ans Kinn. Es war ihr unangenehm, dass er dachte, er hätte sie dazu gedrängt, mit ihm zu schlafen. Sie war überfordert, wusste nicht, was sie sagen sollte.

„Laura sag mir bitte, was ist passiert?"

Sie schüttelte mit dem Kopf: „Jetzt beruhig dich erst mal. Es ist gar nichts passiert."

„Aber du bist in meinem Bett!"

„Nein, du bist in meinem Bett. Das hier ist mein Zimmer. Hast du denn zumindest gut geschlafen?"

Perplex sah er sie an und brauchte einen Moment, um wieder die Fassung zu gewinnen.

„Ja, ich hab gut geschlafen, aber ich kann mich an nichts erinnern. Was ist passiert?"

„Du solltest nur so viel trinken, dass dein Verstand noch weiß, was du machst."

Glenn lächelte sie an: „Das merke ich mir fürs nächste Mal." Er fasste sich schmerzerfüllt an den Kopf: „Allerdings hoffe ich, wird es kein nächstes Mal geben. Also sag, was ist nach meinem Knockout passiert?"

„Du warst gestern an der Bar und so betrunken, dass ich dich aufs Zimmer gebracht habe."

„Ich hoffe, ich habe dich zu nichts gezwungen. Ich kann dir gar nicht sagen, wie peinlich mir das ist. Ich kann mich nur noch daran erinnern, dass ich den Rechtsanwalt angerufen hatte und mit ihm die Scheidungspapiere besprochen habe", er hörte gar nicht mehr auf zu reden, „Der Barkeeper hatte mir noch einen Drink ausgegeben und dann weiß ich nichts mehr. Ich glaube, mein Vater hatte mich angerufen."

„Und wenn ich sage, wir haben miteinander geschlafen, was sagst du dann?"

„Ich kann mich wirklich nicht erinnern. Aber könnte ich so etwas? So voll, wie ich war? Ich habe ja nicht einmal mitbekommen, wie ich in den Fahrstuhl und hier ins Zimmer gekommen bin. Glaube mir. Ich möchte mich wirklich bei dir entschuldigen, dass ich dich dazu genötigt habe. Ich hoffe, ich habe dich nicht verletzt?"

„Keine Sorge, es ist nichts passiert. Ein Page hat mir geholfen, dich nach oben zu bringen. Hier bist du ins Bett gefallen und sofort eingeschlafen. Ich habe dir nur ein paar Sachen ausgezogen, damit du es bequemer hast."

Glenn atmete erleichtert aus und blieb im Zimmer stehen. Laura merkte ihm an, dass er unsicher war, was er machen sollte. Langsam kam er an die Bettkannte und setzte sich.

„Ich bin ehrlich erleichtert, dass nichts passiert ist. Ich würde mir zu große Vorwürfe machen, dass ich nicht Herr meiner Sinne gewesen bin. Dass ich mich nicht an unser erstes Mal erinnern könnte. Es ist schließlich etwas ganz besonderes und ich möchte diesen Moment auf ewig in Erinnerung behalten. Ich würde es mir nie verzeihen, wenn ich unsere Lage so schamlos ausgenutzt hätte."

„Es ist ja nichts passiert."

„Ich glaube, ich sollte jetzt gehen."

„Ohne dein Geschenk? Happy Birthday Glenn."

„Ein Geschenk? Ich dachte, die Scheidung wäre dein Geschenk an mich."

„Mein Geschenk an dich ist, dass ich dir heute zur Verfügung stehe. Du kannst mit mir machen, was du willst. Es ist dein Geburtstag."

Sie wollte wissen, wie er reagierte. Ob er dieses unmoralische Angebot ausnutzen würde.

„Alles was ich will?"

Sie nickte: „Alles was du willst. Aber nur heute."

Er sah sie schweigend an.

„Wir können uns lieben, wenn du es möchtest. Den ganzen Tag im Bett aufhalten."

„Du willst, dass ich mit dir schlafe, weil ich heute Geburtstag habe?"

„Ja, weil du heute Geburtstag hast. Du willst es doch. Das habe ich die ganze Zeit schon gespürt."

Glenn schüttelte den Kopf. Sie sah ehrliches Entsetzen in seinem Gesicht.

„Ich kann es nicht glauben, dass du das gerade gesagt hast. Ich möchte mit dir schlafen, ja. Aber nur, wenn auch du es willst und aus Liebe. Nicht, weil ich heute Geburtstag habe."

Glenn zog seine Sachen an und nahm sein Sakko in die Hand.

„Tut mir leid, aber ich werde dich nicht berühren. Nicht, solange du mich auch liebst und willst. Schon gar nicht an meinem Geburtstag. Aus diesem einen Grund."

Er ging zur Tür und als er die Hand auf der Klinke liegen hatte, drehte er sich noch einmal um.

„Schade, jetzt wo ich begriffen habe, dass ich dich mit meinen Millionen nicht bekommen kann und weiß, dass es nur mit Liebe geht, gibst du mir so eine verbale Ohrfeige. Es hätte eben nicht sein sollen. Die Scheidungspapiere werden um zehn unten von mir unterschrieben in deinem Zimmerfach liegen. Leb wohl Laura."

Mit diesen Worten verließ er das Zimmer und ließ sie erneut alleine zurück. Der Kloß bildete sich abermals im Hals, aber sie wollte nicht wieder weinen. Laura ging ins Bad, duschte, putzte ihre Zähne und entschied, nach unten zum Frühstück zu gehen. Vielleicht traf sie Glenn ein letztes Mal?

„Entschuldigen sie, Frau Evans?"

Erschrocken drehte sie sich um. „Äh, ja?"

War sie gemeint? Aber es wusste doch keiner, dass sie so hieß. Als hätte der kleine Mann, der vor ihr stand, ihre Gedanken gelesen, fuhr er fort: „Darf ich mich ihnen vorstellen? Mein Name ist Pedro Mendez, der Anwalt ihres Mannes. Ich bin gerade angekommen und wollte die Papiere für sie abgeben."

„Woher wussten sie, dass ich Frau Evans bin?"

„Ihr Mann ist ein guter Freund von mir. Er hat mir die Hochzeitsbilder gezeigt. So eine hübsche Frau erkenne ich sofort wieder."

Sie errötete. Schnell lenkte er ab und erklärte die Unterlagen.

„Sie müssen nur hier unterschreiben, Miss Evans und mir sagen, wie lange sie noch in den Staaten bleiben, damit wir einen Termin zur Scheidungsvollstreckung machen können."

„Wo ist mein Mann denn jetzt?"

Sie bemerkte, dass es ihr gefiel, mit ihrem neuen Nachnamen angesprochen zu werden. Zum ersten Mal nannte sie Glenn auch ihren Mann.

„Er ist eben abgefahren. Wir haben uns draußen getroffen."

„Wissen sie, wohin?"

Der Anwalt schüttelte den Kopf. „Es tut mir leid. Wohin ihr Mann wollte, hat er mir nicht gesagt."

„Danke. Kann ich die Papiere noch eine Weile behalten? Ich möchte mir alles in Ruhe durchlesen, bevor ich unterschreibe."

„Aber natürlich. Hier ist meine Karte. Rufen sie mich an, sobald sie alles gelesen und unterschrieben haben."

Sie nahm die kleine, silberne Karte entgegen, Glenns Anwalt verabschiedete sich und mit den Unterlagen ging sie zurück auf ihr Zimmer. Laura setzte sich aufs Bett. Den Umschlag verschlossen vor sich liegen, griff sie zum Telefon. Sie musste Michael anrufen. Nein, sie musste nicht, sie wollte es. Als er abnahm, versuchte sie sich zusammen zu reißen und nicht wieder zu weinen. Doch seine weiche, verständnisvolle Stimme machte ihren Versuch zunichte.

„Laura, was ist los, warum weinst du?"

„Glenn ist weg und ich weiß nicht, wo er sein könnte. Ich habe meine letzte Chance verspielt. Ich habe alles kaputt gemacht."

„Was ist denn passiert?"

„Ich habe ihm angeboten, mit ihm seinen Geburtstag zu feiern. Ich habe Glenn einem unmoralischen Angebot ausgesetzt. Er hat abgelehnt und ist gegangen."

„Ich werde mal versuchen, ihn zu erreichen. Schließlich will ich meinem Sohn auch zum Geburtstag gratulieren. Ich kann ihn fragen, wo er seinen Ehrentag verbringt. Vielleicht kommt er zu uns nach Hause. Ich melde mich dann nochmal bei dir."
Eine Stunde später, rief Michael wieder an.
„Ich hab ihm auf die Mailbox gesprochen, aber bis jetzt hat er sich noch nicht bei mir gemeldet. Ich werde dich auf dem Laufenden halten."
Sie blieb den ganzen Tag auf ihrem Bett sitzen, bestellte sich Essen aufs Zimmer und wartete auf einen Anruf von Michael. Sie sprach Glenn auf die Mailbox und schickte ihm eine SMS, dass sie sich gerne mit ihm am Abend im Casino treffen möchte. Doch es kam keine Antwort. Weder von Glenn, noch von seinem Vater. Der Tag zog sich zäh wie Kaugummi in die Länge und Laura hatte das Gefühl, schier verrückt zu werden, wenn nicht endlich etwas passieren würde. Am Abend machte sie sich fertig und ging mit Schmetterlingen im Bauch ins Casino. Sie blieb über eine Stunde, verspielte die hundert Dollar, die sie mitgenommen hatte und wartete. Aber Glenn kam nicht. Enttäuscht kehrte sie auf ihr Zimmer zurück, betrat es und ließ den Blick durch den Raum schweifen. Die Flasche Champagner vom Vortag stand noch immer auf dem Servierwagen. Die Eiswürfel im Flaschenkübel waren schon lange zu Wasser geschmolzen. Frustriert griff sie nach ihrem Glas und trank es leer. Der Champagner schmeckte schal, aber es war ihr egal. Sie schenkte sich erneut ein und ging mit Flasche und Glas zum Bett. Der Umschlag von Glenns Anwalt lag noch immer verschlossen auf der Tagesdecke. Was ist nur falsch gelaufen? Sie hatte sich alles so schön ausgemalt: Sie wollte doch die Zeit mit Glenn verbringen.

Lachen, etwas zusammen essen, tanzen. Ihm ein wenig was vormachen und auf Distanz halten und dann, dann wollte sie die Scheidungspapiere vor seinen Augen zerreißen und ihm somit die zweite Chance geben. Sie hatte sich den Geburtstag von Glenn anders vorgestellt. Als sie letzte Nacht zusammen lagen, malte sie sich den Tag so harmonisch aus. Dass sie zum Abend wieder in diesem Bett liegen würden, sich ihre Liebe gestehen würden. Doch stattdessen hatte sie dieses blöde Angebot gemacht. Vorher dachte sie, sie könne ihn damit testen, ob er genau so ist, wie Patrik. Ob er sie nur ins Bett bekommen wollte. Doch sie hatte nicht mit dieser Reaktion von ihm gerechnet und somit war sie Schuld, dass sie jetzt alleine in ihrem Zimmer saß. Ohne Glenn.

„Zumindest habe ich jetzt nicht das Problem, mir Sorgen um die Arbeit zu machen."

Sie lachte sarkastisch auf. Ihre Stimme hörte sich an, wie ein Reibeisen und sie nahm noch einen Schluck des viel zu warmen Getränks in ihrer Hand.

„Sieh dich nur an, Laura! Sitzt hier, betrinkst dich und hast sonst nichts. Welcher Mann verdient dich schon!"

Nachdem sie das letzte Glas Champagner getrunken hatte, spürte sie, wie ihr Körper kraftloser wurde. War es der Alkohol oder der Schlafmangel der letzten Tage? Sie ließ sich auf das Bett sinken und gab sich der Müdigkeit hin.

Am nächsten Morgen wurde sie unsanft durch das Klingeln des Telefons geweckt. Ihr Kopf dröhnte und sie bewegte sich langsam und stöhnend zum Nachttisch am Kopfende.

„Hallo?" Oh nein, sie hörte sich grauenhaft an. Die Stimme krächzend, der Hals total ausgetrocknet.

„Laura? Hab ich dich geweckt? Geht's dir gut?" Es war Michael.
„Ja, schon okay, ich hatte gestern wohl einen kleinen Durchhänger."
Sie merkte am Klang seiner Stimme, dass sich Michael amüsierte.
„Den haben wir alle mal. Hör zu, ich habe mit Glenn gesprochen."
Sofort begann Lauras Herz schneller zu schlagen und drohte, ihr aus dem Brustkorb zu springen.
„Er sagte, er war den ganzen Tag in Dallas. Hatte viele Meetings und war erst spät im Hotel."
„Okay." Sie hielt sich den Kopf und setzte sich langsam im Bett auf.
„Er meinte, er will in zwei Tagen zu uns zu Besuch kommen. Wirst du auch da sein? Ihr könntet die letzte Chance nutzen, die euch geboten wird."
„Das geht nicht. In zwei Tagen fliege ich zurück."
„Laura, das tut mir ehrlich leid."
Sie hörte die Bestürzung aus seinen Worten raus und wusste, dass er es ernst meinte.
„Und was machst du bis dahin?"
„Ich weiß es nicht. Vielleicht bleib ich in Vegas. Weißt du, ich habe mir ernsthaft überlegt, meinen Beruf zuhause an den Nagel zu hängen und mir hier eine Stelle zu suchen. Vielleicht hätte ich sogar von hier eine Kolumne schreiben und nach Hamburg schicken können. Aber jetzt brauche ich mir darüber keine Gedanken mehr machen. Es wird beruflich so weiter laufen, wie gehabt."
„Laura, findest du nicht, dass ihr beide zu stur seid? Nutze diese zwei Tage! Gib nicht schon so früh auf! Ich werde Glenn das auch nochmal sagen. Erst wenn auch diese zwei Tage nicht geholfen haben, erlaube ich euch beiden, aufzugeben. Ich biete dir an, zu uns zu kommen und um das gleiche bitte ich Glenn."
„Vielleicht hast du Recht. Aber ich habe da eine andere Idee."

„Verrätst du sie mir?"

„Noch nicht. Nur so viel, dass ich heute noch nicht zurückfliegen werde."

Nach dem Telefonat mit Michael packte sie ihre Sachen und checkte aus. Sie ließ sich ein Taxi rufen und wartete bis zur Ankunft in der Hotellobby. Noch einmal schaute sie sich das große Deckengemälde an, bewunderte den schönen Brunnen und dachte an ihren ersten Urlaub hier zurück. Ihr Handy piepte. Eine Nachricht von Michael.

Hallo Laura, ich habe versucht, Glenn zu erreichen. Vergeblich. Ich hab ihm eine Nachricht geschickt: ‚Glenn, komm zu uns nach Hause. Laura fliegt übermorgen zurück. Es ist Deine letzte Chance, sie zu sehen.'
Ich hoffe, er meldet sich. Lieben Gruß, Michael

Laura tippte zurück:

Danke, das ist lieb von Dir. Ich checke jetzt aus. Lieben Gruß, Laura

Sie klickte die Nachricht weg und steckte seufzend ihr Handy zurück in die Tasche. Ob sie ihren letzten Versuch wirklich wagen sollte? Zweifel kamen hoch und sie wurde unsicher. Reiß dich zusammen Laura! Entweder du versuchst es, oder es wird nie etwas werden. Ihre innere Stimme gab ihr einen regelrechten Tritt in den Hintern und als das Taxi ankam und sie einstieg, nannte sie als Ziel die Adresse vom Flughafen. Dort ging es per Flugzeug nach Texas und erneut per Taxi weiter zu ihrem vorerst letzten Ziel dieses Amerikabesuches: Glenns Ranch. Die Fahrt dauerte schier endlos und sie hoffte, vor Dunkelheit anzukommen. Die Sonne ging bereits langsam unter und tauchte die Landschaft in ein warmes, honigfarbenes Licht. Golden erstrahlte auch Glenns Haus, das am Horizont endlich zu erkennen war. Ihr Herz durschlug fast ihren Brustkorb. Die innere Stimme schrie vor Aufregung: Zuhause! Und sie hatte Recht. Laura fühlte sich hier angekommen. Doch sollte sie darauf hören? Es war Glenns zuhause, nicht ihres. Sie liebte Hamburg, könnte ihre Stadt niemals verlassen. Aber dieses Haus, das sich langsam immer weiter heranschlich, war ihr in den wenigen Tagen, die sie hier war, so vertraut geworden. Sie wurde von allen herzlich aufgenommen, von allen akzeptiert. Je näher sie zum Ranch Gebäude kamen, desto nervöser wurde sie. Wie würde er reagieren, wenn er sie sehen würde? Der Wagen stoppte vor dem Haus und sie stieg langsam aus. Sie klammerte sich an den Türgriff des Taxis, als würde dieses sie vor etwas beschützen. Das Herz schlug ihr bis zum Hals. Sie sah, wie sich die Tür öffnete. Doch nicht Glenn betrat die Veranda, sondern Conchita.

„Miss Laura", rief sie, „wie schön! Los, kommen sie rein! Pablo, kümmre dich um Miss Lauras Gepäck und das Taxi!"

Laura ließ sich von der alten Haushälterin mit den großen, dunklen Augen und den leicht ergrauten Haaren ins Haus führen. Die anfängliche Enttäuschung, die sie verspürte, als sie realisierte, dass es nicht Glenn war, war verflogen. Sie war mittlerweile erleichtert, zuerst Conchita zu begegnen.

„Ist Mister Evans auch da?"

„Nein, leider nicht. Es tut mir leid. Er ist auf Geschäftsreise. Ich weiß nicht genau, wann er zurückkommt."

Conchita zeigte ehrliches Bedauern.

„Ist es in Ordnung, wenn ich bis morgen Abend bleibe?"

„Natürlich! Bleiben sie, bleiben sie. Ich mache ihnen etwas zu essen. Haben sie einen speziellen Wunsch?"

„Danke, das ist nett. Nein, ich habe keinen Wunsch, machen sie nur."

Conchita klatschte in die Hände und lachte. Auf Spanisch dirigierte sie Pablo mit dem Koffer die Richtung und widmete sich wieder Laura.

„Gehen sie nur mit Pablo. Er zeigt ihnen ihr Zimmer. Ruhen sie sich etwas aus. Ich mache zu Essen für sie und sage dann Bescheid."
Laura nickte und fröhlich pfeifend und kichernd eilte Conchita in den Haushaltsbereich des Hauses. Laura war überwältigt von der Wärme, mit der sie von der kleinen Mexikanerin empfangen wurde. Sie wurde nach oben geführt. Es war das gleiche Zimmer, das sie vor einigen Monaten bewohnt hatte. Die Schränke waren noch immer mit der Wäsche gefüllt, die sie damals zurück gelassen hatte. Laura stellte ihren Koffer ab, machte sich frisch und setzte sich für einen Moment aufs Bett. Da war sie nun, zuhause bei Glenn und er war gar nicht da. So hatte sie sich das nicht vorgestellt. Vielleicht war es auch eine blöde Idee von ihr gewesen. Doch nun hatte sie sich bei Conchita bis morgen angemeldet und wollte nicht gleich wieder übereilt abreisen. Die Vorhänge der großen Fensterfront waren aufgezogen. Sie öffnete die großen Flügeltüren und schritt auf den Balkon hinaus. Es wehte ein warmer Wind und streifte sanft ihre nackten Arme. Sie ließ den Blick über die weite Landschaft schweifen und bekam eine Gänsehaut. Es war so schön hier. Sie hätte ewig hier stehen und den Ausblick genießen können. Doch sie wurde aus den Gedanken gerissen, als es leise an der Tür klopfte.
„Ja bitte?"
„Verzeihen sie Störung, Miss Laura. Möchten sie Essen auf Zimmer einnehmen oder unten?" Pablo war es sichtlich unangenehm, sie zu

stören und so war von ihm nur der Kopf zu sehen, den er vorsichtig durch den Türspalt steckte.

„Nein, ist schon gut. Ich komme gleich runter."

Sie verließ den Balkon, ließ die Türen hinter sich offen und folgte Pablo nach unten. Der große, kräftige Mann eilte vor ihr die Stufen hinunter, als sei er auf der Flucht. Sie hatte ihn bei ihrem ersten Aufenthalt in Glenns Haus kaum bemerkt, weil er sich stets im Hintergrund aufhielt. An der Tür zum Esszimmer blieb er stehen und vergewisserte sich, dass sie den Raum auch wirklich betrat, dann ließ er sie alleine. Conchita kam mit einem vollgestellten Tablett ins Zimmer rein und stellte alles nacheinander auf den Tisch. Frischgebackenes Brot, Kartoffeln, Gemüse, Fleisch, Soße und Obst. Laura bewunderte es, was die kleine Person schleppen konnte und in so kurzer Zeit gezaubert hatte.

„Oh Conchita, das ist ja viel zu viel für mich. Das schaffe ich niemals alles.", protestierte sie lobend.

„Nicht schlimm, essen sie, so viel sie schaffen. Den Rest packe ich in den Kühlschrank. Pablo bekommt nachts immer Hunger." Sie kicherte.

Laura guckte automatisch zurück zur Tür, an der sie von Pablo alleine gelassen wurde. Der Türbogen war leer. Von Pablo keine Spur.

„Pablo ist schüchtern, er arbeitet lieber allein für sich. Aber er arbeitet gut. Macht immer alles fertig, bevor er Pause macht. Nie krank."

„Ist Pablo ihr Mann?"

„Pablo? No, no, er ist mein hermano, mein Bruder."

Laura nickte.

„Ich lasse sie jetzt in Ruhe essen. Wenn sie etwas brauchen, klingeln sie einfach."

Laura war wunschlos glücklich. Das Essen schmeckte köstlich und sie aß mehr, als sie wollte. Zum Schluss saß sie gesättigt mit einem Messer und einem Apfel zurück gelehnt im Stuhl und schnitt sich kleine Stücke ab. Wenn sie wirklich hier wohnen bliebe, würde sie manchmal selbst in der Küche stehen wollen. Vielleicht würde sie auch mal für Conchita und Pablo kochen? Typisch deutsche oder hamburgische Gerichte? Labskaus! Sie musste grinsen. Was würden die beiden wohl zu dem gemanschten Essen sagen? Würden sie es mögen? Würden sie es überhaupt gut finden, wenn jemand anderes für sie kocht? Und würde Glenn das erlauben? Schließlich waren sie seine Angestellten und nicht sein Besuch. Sie aß das letzte Stück Apfel und legte das Messer und Kerngehäuse auf den Teller. Dann stand sie auf und ging in die Eingangshalle. Ihr Blick blieb an der Tür zum Garten hängen. Ob sie nach dieser üppigen Mahlzeit eine Runde Schwimmen sollte? Die Idee gefiel ihr und sie lief nach oben in ihr Zimmer, um die Schwimmsachen zu holen. Mit Bikini bekleidet und Handtuch über den Arm, trat sie wenige Minuten später aus der kleinen Umkleide am Pool heraus. Sie trat an die Liege heran, die mit weichen Polstern belegt war.

„Nach dem Essen sollst du ruhn, oder tausend Schritte tun. Ich glaube, ich ruh lieber." Mit einem Seufzen ließ sie sich auf die weichen Polster nieder und kuschelte sich in ihr flauschiges Handtuch ein. Der Wind strich ihr zart über die Wange, ließ die Blätter der kleinen Bäumchen und Sträucher rascheln, die in die Gartenlandschaft gepflanzt wurden. Laura schloss die Augen und genoss die Stille. Sie fühlte sich gut. Satt, zufrieden und angekommen. Als sie einen Moment später die Augen wieder öffnete, erschrak sie. Der Himmel war stockfinster und überall blinkten die Sterne. Das war eben doch noch nicht, dachte sie. War sie etwa eingeschlafen? Sie blickte sich um. Alles war wie vorher, der Pool lag ruhig vor ihr, beleuchtet in warmen Licht. Sie war alleine. Träge erhob sie sich von der Liege, streckte sich und legte ihr Handtuch nieder. Sie sah auf dem Tischchen neben der Liege ein leeres Glas und eine Karaffe voll mit Saft. Eiswürfel schwammen darin. Conchita muss vor kurzem da gewesen sein und die Erfrischung abgestellt haben. So spät wird es nicht sein. Laura drehte den Kopf zum Pool. Sie war hierhergekommen, um zu Schwimmen und genau das würde sie auch tun. Mit einem Kopfsprung sprang sie in das lauwarme Nass, tauchte eine Strecke und kam elegant wieder hoch. Sofort verfiel sie in einem stetigen Rhythmus und zog eine Bahn nach der anderen. Brustschwimmen in die eine, Rückschwimmen in die andere Richtung. Sie nahm um sich herum nichts mehr wahr. Als sie sich vornahm, die letzte Bahn per Rücken zu schwimmen und ihre Hand den Beckenrand berührte, fühlten ihre Finger einen anderen Untergrund. Sofort drehte sie sich um und erschrak. In ihrem Sichtbereich waren Schuhe und Hosenbeine zu sehen. Sie ließ den Blick nach oben gleiten und erblickte Glenn. Sichtlich erstaunt blickte er auf sie hinunter.

„Hallo Laura, was machst du denn hier?"

Ihr Herz überschlug sich fast vor Klopfen und sie musste nach Luft schnappen. Vor Schreck und vor Anstrengung vom Schwimmen. Nachdem sie ihre Stimme wieder fand, sah sie ihn fest an: „Sollte eine Ehefrau nicht zuhause bei ihrem Mann sein?"

Er reichte ihr die Hand und zog sie aus dem Wasser. Sie hauchte ihm einen zarten Kuss auf die Wange und ging langsam, anmutig zur Liege, nahm ihr Handtuch und kuschelte sich darin ein. Dann drehte sie sich zurück zu Glenn. Er sah sie an. Jetzt nicht mehr so erstaunt, wie grad eben noch. Er war ernst und sie befürchtete schon, dass er sie fortschicken würde. Seine Gesichtszüge wurden ein wenig weicher, als hätte er ihre Angst gespürt.

„Du willst morgen also wieder zurück nach Deutschland?"

„Wenn alles geregelt ist, ja."

„Aber Laura, was möchtest du noch? Ich hab die Scheidungspapiere unterschrieben. Ich habe dir sogar eine Abfindung zugesprochen. Was willst du noch?"

„Glenn, warum glaubst du wohl, bin ich hier?"

„Na um dich scheiden zu lassen. Das hast du die ganze Zeit gesagt."

„Weißt du Glenn, ich bin hierhergekommen, weil ich dich zu deinem Geburtstag überraschen wollte. Weil ich Zeit mit dir verbringen wollte. Aber du bist geflüchtet. Du hast mich alleine zurück gelassen. Macht man das mit seiner Ehefrau?"

„Ehefrau klingt gut. Aber das wolltest du nicht sein. Du hast die Scheidung verlangt."

Sie wickelte sich das Handtuch um den Oberkörper und lief ein wenig auf und ab.

„Eigentlich wollte ich es dir mit gleicher Münze heimzahlen. Du hast mich zur Heirat gezwungen. Ich wollte dich zur Scheidung zwingen."

„Moment, was heißt das „Eigentlich" in deinem Satz? Du hast die Scheidungspapiere nicht unterschrieben?"

Er stand plötzlich direkt vor ihr und hielt sie an den Oberarmen fest, so dass sie ihre Wanderung nicht fortsetzen konnte. Sie sah zu ihm auf und schüttelte leicht den Kopf.

„Wieso hast du nicht unterschrieben?" fragte er drängend.

„Weil ich dich liebe!" Ihre Antwort war eher ein heiseres flüstern, doch er verstand sie sofort.

„Aber warum bist du nicht gleich hier geblieben?" Auch er flüsterte. Seine Finger streichelten zärtlich über ihre Oberarme.

„Weil ich es da nicht wahrhaben wollte. Du hattest immer wieder betont, dass es nur ein Geschäft war. Ich war mir nicht sicher, ob du mehr für mich empfindest."

„Natürlich habe ich mehr empfunden. Das hab ich dir immer wieder zeigen wollen. Aber du hast mich nicht gelassen. Als du dann zurück nach Hamburg fliegen wolltest…" „… hab ich versucht, nicht mehr an dich zu denken", unterbrach sie ihn, „aber es gelang mir nicht. Es verging kaum ein Tag, an dem ich nicht an dich dachte. Dann kam dein Vater zu mir und erzählte mir, dass wir offiziell verheiratet sind. Nicht nur in Amerika. Ich war sauer, dass du mich belogen hattest und wollte nur eins: Die Scheidung."

„Ich dachte, mein Vater war geschäftlich in Deutschland?"

„War er auch, aber er kam mich besuchen und klärte mich auf. Ich bin dann mit ihm zusammen hierher geflogen."

„Dann habt ihr zusammen unter einer Decke gesteckt? Die ganze Zeit?" Er schmunzelte.

„Glenn, das ist nicht witzig! Du hattest mich belogen und ich wollte die Scheidung."

„Aber jetzt willst du sie nicht mehr."

„Nein, jetzt will ich sie nicht mehr."

„Warum nicht?"

„Ich habe dich gesehen, die Gefühle waren wieder da und als du unten in der Bar warst, betrunken und ich dich nach oben in mein Zimmer gebracht habe…" Sie hörte kurz auf zu sprechen, um die Worte zu finden. Ganz leicht schüttelte sie den Kopf. „Du bist ganz anders als Patrik. Du veränderst dich mit dem Alkohol nicht. Du warst immer noch Gentleman. Du hattest dir Sorgen um mich gemacht. Du warst nicht aufdringlich. Du hast die Gelegenheit nicht genutzt, mich ins Bett zu bekommen. Du…" Doch weiter kam sie nicht, denn Glenn hatte sie an sich gezogen und ihr seine Lippen auf den Mund gedrückt. Erst zärtlich, dann fordernd presste sich seine warme, weiche Haut an ihre. Es verschlug ihr den Atem und sie ließ sich mitziehen. Laura legte die Arme um seinen Hals und erwiderte den Kuss. Als sie sich keuchend wieder voneinander lösten, sah sie ihn an. Er lächelte.

„Kneif mich, damit ich weiß, dass ich nicht träume." Sofort wanderte ihre Hand zu seinem Po und kniff hinein. „Das wollte ich schon so lange machen."

Er lächelte sie an und küsste sie zärtlich auf die Nase.

„Kein Traum", stellte er fest, „Und jetzt Miss Evans? Was wollen sie jetzt tun?"

Laura bekam eine Gänsehaut und die Schmetterlinge im Bauch begannen wild zu flattern. Würde sie den Mut haben, das wirklich auszusprechen? Doch bevor sie weiter darüber nachdenken konnte, hörte sie ihre eigene Stimme: „Soviel ich weiß, haben wir noch eine Hochzeitsnacht nachzuholen."

Glenns Lächeln wurde breiter und mit einem Ruck hob er sie in seine Arme. Er küsste sie lang und leidenschaftlich, dann trug er sie zurück ins Haus. Sie hatte das Gefühl, dass es ihm keine Mühe machte, sie die Treppen hinauf zu tragen. In Lauras Zimmer stieß er mit dem Fuß die Tür hinter sich zu und legte sie vorsichtig auf das große Bett. Der Knoten ihres Handtuchs hatte sich gelöst. Langsam öffnete er den Frotteestoff und strich ihn von ihrem Körper zur Seite. Für einen Moment hielt er inne und betrachtete sie. „Das gehört wirklich alles mir." Laura kicherte verlegen. Glenn kam langsam über das Bett näher und beugte sich zu ihr hinunter. Wieder küsste er sie und wurde immer drängender. Auch Laura konnte es kaum erwarten und ließ ihre Hände über seinen Rücken bis hinunter zur Hose gleiten. Sie zog ihm das Hemd heraus und wanderte an seinen Bauch, um den ersten Knopf zu öffnen. Glenn löste sich von ihrem Mund, griff an den Stoff und riss sich ohne Rücksicht das Hemd auf. Die Knöpfe flogen nur so um Laura herum. Als er sie erblickte, zuckte er grinsend mit den Schultern und beugte sich wieder zu ihr hinunter. Sanft legte er seine Lippen zurück auf ihre und ihr Mund gab bereitwillig seiner Zunge Einlass. Seine Hand streichelte ihre Wange, ihr Kinn und wanderte langsam an ihrem Hals entlang. Ein Finger streichelte zart über das Schüsselbein und strich immer weiter nach unten zu ihrer Brust. Vorsichtig glitt er unter ihren Bikini und fuhr langsam über ihre hartgewordene Brustwarze. Laura schloss die Augen und ließ ihren Kopf tief in die Kissen sinken. Ihr gesamter Körper kribbelte vor Ekstase und Vorfreude. Sie genoss das Gefühl. Glenn wanderte den von seiner Hand zurückgelegten Weg mit dem Mund ab und küsste jeden Zentimeter. Er schob seinen freien Arm unter ihren Rücken. Sofort streckte sich Laura ihm entgegen und machte ein Hohlkreuz. Er öffnete gekonnt den Bikiniverschluss, während er sie weiter küsste. Mit den Zähnen umfasste er den Stoff und zog ihr das Oberteil aus. Er sah sie an, von oben bis unten. Ein komisches Gefühl, fast nackt von einem Mann so begutachtet zu werden. Sein Blick war ernst und lange verharrten seine Augen auf ihrem Gesicht und ihren Brüsten.

„Da fehlt noch was." Und mit einem frechen Grinsen zog er ihr sanft das Bikinihöschen aus. „Oh Laura! Du bist so wunderschön!" Er konnte kaum richtig sprechen. Es klang eher wie ein heiseres Flüstern. Wieder neigte er sich zu ihrem Körper hinunter und seine Lippen setzten ihren Weg auf ihrer Haut fort. Sie folgten der Spur, die seine warmen Finger auf Lauras Leib hinterließen. Sie hatte eine Gänsehaut und es schien, als würden sie kleine Stromstöße dort durchzucken, an denen seine Berührungen waren. Langsam wanderte er immer weiter nach unten. Zuerst das rechte Bein an der Außenseite hinab, kitzelnd unter ihrem Fuß um dann an der Innenseite des Schenkels wieder hinauf zu gleiten. Je näher er ihrer feuchten Mitte kam, desto erregter wurde sie. Sie stöhnte vor Verlangen. Doch kurz vor dem Ziel, sprang er mit seiner Hand und dann auch mit dem Mund auf das andere Bein. Erst die Außenseite hinunter, dann an der Innenseite herauf. Schwer atmend bahnte er sich den Weg nach oben zu ihrem honigsüßen Kern. Laura stöhnte auf und fasste in seine Haare. Mit zarten, fast gehauchten Küssen übersäte er ist kostbarstes Körperteil und kam langsam wieder nach oben zu ihrem Mund. Wie zwei Ertrinkende umklammerten sie sich und verschlangen ihre Zungen miteinander. Seine Erektion drückte sich durch den Stoff seiner Hose gegen sie. Lauras Hände gingen an Glenns Jeans, und versuchten ungeschickte die Knöpfe zu öffnen. Er half mit und schon bald lag er nackt auf ihr. Sie umschlang sein steifes Glied und streichelte ihn sanft. Glenn stöhnte auf und drückte seinen Unterleib an ihren. Langsam schob sie ihre Beine auseinander und lud ihn ein, in sie zu tauchen. Mit einem langen, leidenschaftlichen Kuss kam er ihrer Einladung nach. Die Spitze seines langen Schaftes umspielte erst den Eingang ihrer Liebesgrotte, bevor er langsam in sie eintauchte und sie komplett ausfüllte. Für einen Moment verharrte er in ihr und sah sie an. Ohne den Blick von ihr zu wenden, begann er, sich langsam in ihr zu bewegen. Die Bewegungen wurden fordernder, schneller und sein Blick glasiger. Mit einer Hand streichelte er über ihre Wange, die Brust den Bauch. Er legte sich fest auf ihren Körper und sie schlang ihre Beine um ihn, um ihn noch tiefer in sich aufzunehmen. Immer wieder küssten sie sich, während ihre Körper wie zwei Schneeflocken ineinander verschmolzen. Sie fanden einen gemeinsamen Rhythmus. Glenns Atem kitzelte sie heiß am Ohr, während er ihren Hals liebkoste. Sein Stöhnen wurde lauter und auf seiner Haut bildeten sich kleine Schweißperlen. Laura umfasste fest seine Schultern, drängte ihn tiefer in sich rein. Er stieß immer weiter zu. Lauras Orgasmus kam wie eine Flutwelle über sie. Sie stöhnte auf, keuchte seinen Namen, vergrub ihr Gesicht in seine Haare und zuckte am ganzen Körper. Es war, als würde sie in die Luft geworfen, um dort wie ein Feuerwerk zu explodieren. Immer und immer wieder. Auch Glenn kam zum Höhepunkt. „Oh Gott, Laura!", stöhnte er. Er bäumte seinen Oberkörper auf, während er sich zuckend weiter in ihr bewegte. Seine Arme hielt er unter ihrem Körper, als hätte er Angst, sie loszulassen. Nachdem sein Orgasmus verebbt war, setzte er seine Bewegungen langsam fort. Laura wurde übersät mit Küssen und Streicheleinheiten und genoss die Liebkosungen auf ihrem erschöpften Körper. Sie merkte ein zartes Kribbeln, das sich in ihrer Mitte sammelte, aufbauschte und erneut explodierte. Ein zweiter Orgasmus entlud sich in Form eines lustvollen Schreis aus ihrer Kehle. Nie zuvor hatte sie so viel Lust auf einmal verspürt. Ihre Beine waren völlig schwach, ihre Arme fühlten sich an wie Gummi und ihre Stimme war ein heiseres Etwas. Glenn wurde langsamer und ließ sich vorsichtig auf ihr nieder. Fest umschlungen lagen sie da, keuchend vor Erschöpfung. Immer wieder küssten sie sich, streichelten einander.

„Laura, du bist so wunderbar. Ich liebe dich!", hauchte er ihr leise ins Ohr und gab ihr zwischen jedem Wort einen zarten Kuss.

„Ich liebe dich auch."

„Wir sollten etwas schlafen."

„Tun wir das nicht gerade?"

Glenn lachte. „Ich meine nicht miteinander, sondern nebeneinander."

„Ach schade." Mit diesen Worten begann Laura ihn zu streicheln und ihr Becken kreisen zu lassen, in dem Glenn noch immer versunken war.

Am nächsten Morgen wachte Laura auf. Sie spürte ein leichtes Pochen im Unterleib und lächelte, als die Erinnerungen an letzte Nacht wieder hochkamen. Immer und immer wieder hatten sie sich geliebt. Sie drehte sich um und wollte nach Glenn tasten, doch seine Betthälfte war leer. Die Badezimmertür stand einen Spalt offen und Wasserdampf kam heraus. Laura nahm das Hemd von Glenn und streifte es sich über. Barfuß ging sie über den warmen Zimmerteppich zur Tür und öffnete sie. Doch Glenn war nicht dort. Er musste ihr Zimmer verlassen haben, kurz bevor sie aufgewacht war. Ein wenig enttäuscht streifte sie das Hemd ab und stieg selbst unter die Dusche. Das warme Wasser war wie eine Wohltat auf ihrer Haut und sie streckte das Gesicht in den Strahl. Hier könnte sie ewig unter stehen. Doch lieber wäre sie in ihrem Bett. Mit Glenn. Sie wusch sich ihren Körper und die Haare, drehte das Wasser aus und griff nach dem Handtuch. Dann ging sie direkt in den begehbaren Kleiderschrank und nahm sich aus der Vielfalt an Kleidung: Unterwäsche, eine kurze Jeansshorts und ein Top. Während sie die Haare mit dem Handtuch trockenrubbelte, ging sie zurück ins Schlafzimmer. Genau in dem Moment öffnete sich die Zimmertür und Glenn kam herein. Vor sich einen kleinen Teewagen schiebend, der üppig gedeckt war. Er musste sich nach unten bücken, um die goldenen Griffe festhalten zu können. Vor dem Bett stellte er den Wagen ab, nahm sie mit einer eleganten Bewegung in den Arm und küsste sie.

„Guten Morgen Miss Evans, haben sie gut geschlafen?"
„Sehr gut, Mister Evans!"
Sie lächelten sich an und verfielen erneut in einen leidenschaftlichen Kuss. Sofort begann ihr gesamter Körper wie wild an zu prickeln und sie hätte das Frühstück ohne weiteres ausfallen lassen können. Glenn schein es genauso zu ergehen. Doch nachdem er sie fester an sich gezogen hatte, löste er seine Lippen von ihren und sah sie an. „Wir sollten etwas essen. Von Luft und Liebe alleine können wir leider nicht leben."
Laura war nicht nach essen zumute. Sie konnte sich nicht vorstellen, dass die umher flatternden Schmetterlinge in ihrem Bauch Platz für Essen ließen. Doch als Glenn die Messinghauben hob und der Geruch von frischen Pancakes mit warmen Sirup, gebratenem Speck und Rührei in ihre Nase stieg, waren die Schmetterlinge verschwunden. Ihr Magen zog sich sehnsüchtig nach dem Essen zusammen. Glenn goss ihr heißen, duftenden Kaffee ein, während sich Laura von den Köstlichkeiten auf ihren Teller füllte. Sie sah sich um und überlegte, wo sie sich hinsetzen konnte. Das große Bett direkt neben dem Wagen war zwar einladend, aber mit dem Sirup auf dem Teller war ihr das zu heikel. Sie blickte zu dem kleinen Tisch mit den niedlichen Sesseln, die in der Nähe des großen Fensters standen.
„Wollen wir draußen essen? Das Wetter ist so schön."
Glenn wartete ihre Antwort gar nicht erst ab und öffnete die riesigen Türen. Eine leichte Brise wehte herein und ließ die weißen Seidengardinen tanzen. Zusammen mit Glenn trat sie auf den großen Balkon und ging zum runden Tisch. Conchita musste ihn kurz vorher

vorbereitet haben, denn eine weiße Tischdecke lag darauf, eine große Schale Obst war in der Mitte drapiert, Gläser und Krüge mit Milch, Orangensaft und Wasser mit Eiswürfeln standen drum herum. Laura stellte ihren Teller ab und setzte sich in die weichen Polster des Stuhls. Alles war perfekt.

„So ein schönes Frühstück hatte ich noch nie."

„Siehst du, da kannst du mal sehen, was dir seit unserer Hochzeit entgangen ist."

„Hätte ich das mal vorher gewusst." Sie lachte und nahm einen Schluck Kaffee.

„Ich hatte doch gesagt, ich erfülle dir jeden Wunsch."

Mit der Tasse in der Hand schaute sie hinaus in die Landschaft. Alles war so friedlich, so ruhig, so vollkommen.

„Miss Evans, woran denken sie gerade?"

„Ich habe dich, wie Patrik auf Tauglichkeit geprüft."

„Habe ich bestanden?"

„Ja." Sie lächelte ihn an und er nahm ihre Hand, die er mit einem liebevollen Blick zu ihr küsste. „Deshalb also das unmoralische Angebot zu meinem Geburtstag. Du wolltest wissen, ob ich nur mit dir ins Bett will?"

„Ja, verzeih mir. Aber nach der Beziehung mit Patrik hatte ich ehrlich die Nase voll von Männern."

„Und wenn ich angenommen hätte?"

„Dann hätte ich die Papiere unterschrieben und wäre am nächsten Tag zurück nach Hamburg geflogen."

„Stattdessen fliegst du heute." Er blickte traurig auf seine Kaffeetasse.

„Vielleicht habe ich ja noch gar nicht gebucht."

Erstaunt sah er auf. Sie lächelte und nickte, als würde sie seine unausgesprochene Frage im Blick beantworten.

„Oh Laura, du glaubst gar nicht, wie glücklich mich das macht. Am liebsten würde ich dich gleich hier und jetzt vernaschen."

„Na na na, Mister Evans, das ist aber gar nicht Gentleman like."

Sie konnte gerade noch ihre Tasse auf den Tisch zurück stellen, als sie schon von ihm aus dem Stuhl gezogen und fest in den Arm genommen wurde. Eine Stelle an seinem Körper zeigte ihr deutlich, dass sein Satz kein Spaß war. Sie küssten sich und hielten sich lange im Arm. Nur widerwillig löste sich Laura von ihm.

„Lass uns zu Ende essen. Wir haben heute noch etwas vor."

Er hob eine Augenbraue und sah sie an. „Was hast du denn geplant?"

„Deine Eltern erwarten uns."

„Die Nachricht gestern von meinem Vater? Das war mit dir abgesprochen?"

„Er wollte uns damit zwingen, uns noch einmal zu sehen. Dass wir uns aussprechen. Eine letzte Chance sozusagen."

„Aber die haben wir doch schon genutzt."

„Ich bin deinen Eltern aber noch einen Besuch schuldig."

Er küsste sie auf die Stirn.

„Ich merke schon, ich habe die perfekte Frau."

Sie kicherte, als er sie hochhob und um sich herum wirbelte.

„Aber bevor wir zu meinen Eltern fahren, fahren wir noch ein wenig shoppen. Die schönste Garderobe für die schönste Frau."

„Ich hab doch schon so viel Kleidung in meinem Schrank. Wir brauchen nicht extra los."

„Doch, ich finde schon. Hier sind nur Sachen, die ich dir besorgt habe. Davon hast du dir aber nichts selbst ausgesucht. Ich möchte, dass du dir holen kannst, was dir selbst auch gefällt."
Sie gab sich geschlagen, denn sie wusste, dass sie ihm damit eine große Freude bereiten würde. Laura genoss die Aufmerksamkeit, mit der er sie verwöhnte. Sie war neugierig, wie das Einkaufen und Bummeln mit ihm sein würde. Patrik hatte immer genörgelt und ungeduldig auf die Uhr gesehen, so dass sie lieber alleine einkaufen ging.
„Ich habe so viele Ideen, was wir zusammen tun könnten. Ich möchte dir noch viel mehr von meinem Land zeigen."
„Aber du weißt, dass ich wieder zurück nach Hamburg muss."
„Ja, weiß ich, " er schaute kurz traurig, „ Ich habe mir gedacht, dass ich dich begleiten werde. Während du alles regelst, werde ich mir deine Stadt ansehen. Vielleicht richte ich auch unser Haus ein."
„Unser Haus? Ich habe nur eine kleine Wohnung."
„Dann werden wir deine Wohnung behalten. Oder wir kaufen uns ein Haus in Hamburg, in dem wir wohnen, wenn wir dort sind."
Laura lachte. „An dein vieles Geld und seine Möglichkeiten muss ich mich erst noch gewöhnen."
Er lächelte ihr zu. „Gib mir eine Woche, dann haben wir das beste Haus, das du dir vorstellen kannst."
„Ich werde mehr als eine Woche brauchen, um alles zu erledigen. Außerdem möchte ich weiter arbeiten. Den Job komplett aufgeben kann ich nicht. Ich brauche ihn."
„Das werden wir schon geregelt bekommen." Glenn küsste sie auf die Stirn.
„Außerdem heiratet meine Schwester bald. Da möchte ich dich gerne als meinen Mann dabei haben."

„Ich würde mich geehrt fühlen, dich zu begleiten. Und wenn wir zurück sind, feiern wir unsere Hochzeit."

„Aber wir sind doch schon verheiratet."

„Das schon", räumte Glenn ein, „aber es gab keine Hochzeitsfeier mit Familie, Freunden und vielen Gästen. Du gehörst jetzt zu den Reichen und Schönen Amerikas. Wenn du wüsstest, wen du dadurch alles kennenlernst."

Er ließ den Satz geheimnisvoll im Raum stehen und gab ihr so die Gelegenheit, ihrer Fantasie Spielraum zu geben. Sie, wohlmöglich zwischen Hollywoodstars? George Clooney, Brad Pitt und Angelina Jolie. Aber würde sie diese Promis wirklich kennenlernen wollen? Würde ein Treffen mit denen ihre Illusion von Glanz und Glamour nicht eher zerstören?

„Ich verspreche dir", riss Glenn sie aus den Gedanken heraus, „dass wir jedes Jahr den Tag feiern, an dem wir uns in Las Vegas das Ja Wort gegeben haben. Aber eine Feier möchte ich dennoch haben."

„Und die Feier findet hier in Amerika statt?"

Glenn nickte ihr lächelnd zu. „Hier haben wir am meisten Platz. Du musst mir nur die Anzahl der Gäste sagen, die aus Deutschland anreisen werden."

„Aber die Reisekosten. Ein Flug nach Amerika kostet pro Person"

„Gar nichts", unterbrach sie Glenn, „ich habe mein Privatflugzeug. Sofern du nicht halb Hamburg einladen wirst, sollte das kein Problem sein."

Laura strahlte über das ganze Gesicht. Sie kam sich vor, als sei sie ein Kind, das an Heiligabend das Geschenk mit der langgewünschten Puppe ausgepackt hätte. Überschwänglich sprang sie Glenn um den Hals und küsste ihn. Ihre Zungen fanden sich sofort und sie versanken in einen langen Kuss. Glenn drückte sie enger an sich. Als

er sich endlich von ihr löste, sah er sie ernst an. „So Miss Evans, nun aber schnell fertigmachen, bevor ich mir das mit dem Shoppen noch anders überlege und wir den Rest des Tages im Bett verbringen."
Kichernd sprang Laura auf und ging ins Bad. Während sie vor dem Spiegel stand und schminkte, hoffte sie, dass Glenn zu ihr kommen würde. Wie schnell sich die Gedanken über dieses Bad und die dazugehörige Dusche als so real und nah entwickeln konnten. Damals tadelte sie sich noch dieser Gedanken, heute wusste sie, dass sie durchaus umgesetzt werden konnten. Sie freute sich schon darauf. Innerhalb weniger Minuten war sie fertig und verließ das Bad. Glenn war nicht mehr im Zimmer. Sie zog sich etwas an und ging den Flur entlang zur Freitreppe. Er wartete auf der Zwischenetage, den Rücken zu ihr gedreht und als er sich zu ihr umdrehte, musste sie unwillkürlich an die Titanic Szene mit Leonardo di Caprio und Kate Winslet denken. Nur dass hier kein Schiff die Hauptrolle spielte und nichts unterging.

Als sie wenig später im Auto saßen und in die nächste Stadt fuhren, bemerkte sie, wie Glenn sie unentwegt beobachtete.
„Was ist los? Was denkst du?"
„Ich kann es immer noch nicht glauben, dass du hier bei mir bist. Es ist wie ein Traum."
Sie schmiegte sich in seinen Arm und sah verträumt aus dem Fenster. Mit Glenn schien alles so einfach zu sein. Sie fühlte sich wie im Paradies.
„Hast du schon ein Kleid für die Hochzeit deiner Schwester? Die ist doch bald, oder?"
„Ja, in drei Wochen. Ich bin mir mit dem Kleid noch nicht sicher. Eins habe ich zwar, aber…"

„... dann holen wir dir eins, das dich ganz sicher sein lässt. Hast du schon ein Geschenk für deine Schwester?"

„Ich organisiere ihren Junggesellinnenabschied, mache die Zeitung, das Gästebuch und habe Tauben organisiert, die vor der Kirche freigelassen werden. Und sie bekommen Geld von mir." Sie sah Glenn an. „Wieso fragst du?"

„Ich würde mich gerne daran beteiligen, aber ich befürchte, das würde ausarten."

„Woran hast du denn gedacht?"

„Wo wohnt deine Schwester? Hat sie ein Haus?"

Laura ahnte schon, worauf er hinauswollte. „Sie wohnen in einer kleinen Wohnung. Du hast doch was vor?!"

„Naja, ich dachte mir, wenn du die meiste Zeit hier mit mir in Amerika lebst, würde unser Haus in Hamburg leerstehend sein. Sie könnten darin wohnen und wir würden im Gästezimmer dort leben, wenn wir drüben sind."

Sie atmete erschrocken aus. „Das würde meine Schwester niemals annehmen! Weißt du, was ein Haus in Hamburg kostet?"

„Weißt du, was ein Haus hier in den USA kostet?" Er grinste sie schelmisch an.

„Ich kann es mir leisten und ich würde so oder so ein Haus für uns kaufen. Ob es jetzt leer steht, oder deine Schwester drin wohnt, würde an dem Preis nichts ändern. Wir würden ihr das Haus auch unter diesen Bedingungen anbieten. Da wird sie nicht nein sagen."

„Woher willst du das wissen? Du kennst meine Schwester nicht."

„Ich glaube nicht, dass sie am Tag ihrer Hochzeit mit dir streiten würde. Und danach können wir das mit den beiden immer noch in aller Ruhe klären."

Laura hatte keine weiteren Einwände. Glenn telefonierte nach ihrem Einverständnis mit einem Makler, den er um Hausangebote in Hamburg bat. Am Abend wollte er eine Auswahl an Häusern in seinem E-Mail Postfach haben.

Nachdem sie zurück auf seiner Ranch waren, trugen die Dienstboten die Einkäufe auf die Zimmer. Laura hatte ein komisches Gefühl dabei, dass sie ihnen die Arbeit überlies, aber Glenn erklärte ihr, dass es zu ihren Aufgaben gehöre und sie dafür bezahlt werden. Laura ließ den Vormittag Revue passieren: Glenn zeigte eine Menge Geduld, während sie ein Kleid nach dem anderen anprobierte. Er sagte ihr ehrlich seine Meinung, wie ihr das ein oder andere Kleidungsstück stand und was ihm besonders gefiel. Obwohl einiges durch seine Beurteilung fiel, lag ihr Bett jetzt voll mit Kleidern, Oberteilen, Schuhen und Jacken. Sie hätte mit dieser Kleidermenge eine eigene Boutique eröffnen können. Ein Kleid für Birgits Hochzeit hatte sie ebenfalls gefunden. Es machte eine Menge Spaß und sie fühlte sich auf Händen getragen. Die Aufmerksamkeit, die er ihr gab und der neidische Blick anderer Frauen gefielen ihr sehr. Sie suchte sich Kleider, Schuhe und passende Taschen aus und bekam ein schlechtes Gewissen, dass sie Glenn so ausnahm.
„Zuhause hätte ich mir so etwas nie gekauft. Ich hätte jeden Cent gespart, damit ich mir einmal im Jahr etwas Teures kaufen kann."
„Das ist ab sofort vorbei, du brauchst nicht mehr sparen. Wenn dir etwas gefällt, dann kauf es. Ich kann es mir leisten. Nein, wir können es uns leisten."
Dennoch blieb ihr schlechtes Gewissen. Laura bereitete sich auf ihren nächsten Termin vor: Für den Besuch bei Glenns Eltern nahm

sie sich ein Kleid aus den neu gekauften Sachen. Es umspielte ihre Figur, ohne aufreizend zu sein. Glenn nickte anerkennend.

„Sieht super aus. Wie alles, das du trägst."

Er nahm sie an die Hand und zusammen gingen sie nach unten vor das Haus. Der Wagen wartete bereits. Glenn half ihr hinein, setzte sich eng neben sie und die Fahrt begann. Sie kuschelte sich wieder in seinen Arm.

„Sollten wir nicht ein paar Blumen mitbringen?"

„Du bist die Blume für meine Eltern, sie freuen sich schon, dich kennen zu lernen."

„Nein, ohne Blumen oder einer Kleinigkeit als Aufmerksamkeit gehe ich nicht zu deinen Eltern!"

„Du willst mich doch nicht wieder alleine dorthin gehen lassen?"

„Sieh es als kleine Entschuldigung für letztes Mal."

Glenn gab seinem Chauffeur die Anweisung, an einem Geschäft zu halten und nachdem auch die Blumen besorgt waren, ging es zum Anwesen seiner Eltern. Zwei Angestellte nahmen sie in Empfang. Als sie die große Halle des Hauses betraten, kam ein älteres Paar die Treppe hinunter. Laura erkannte Michael sofort wieder. Eine Frau hatte sich bei ihm eingehakt und sah die beiden mit einem freundlichen Lächeln an. Laura wurde seinen Eltern vorgestellt und sie wurde von Marie Sophie liebevoll umarmt. Glenn reichte seiner Mutter die Blumen.

"Vielen Dank, sie duften wunderbar!", verkündete sie, nachdem sie ihr Gesicht in den bunten Blüten vergraben hatte. Eine Dienstbotin kam dazu und nahm den Strauß ab, um ihn in eine Vase zu stellen.

„Schön, sie endlich kennenzulernen", sagte Michael und tat so, als würden sie sich das erste Mal sehen.

„Dad, Laura hat mir alles gebeichtet. Du brauchst nicht so zu tun."

„Auf mich trifft das aber nicht zu", mischte sich seine Mutter sein, „ich freue mich, dich endlich kennenzulernen. Michael hat nicht übertrieben, als er sagte, was für eine wunderhübsche Frau Glenn geheiratet hat."

Sie sprach in perfektem Deutsch und Laura freute sich, eine kleine Auszeit der englischen Sprache zu bekommen. Auf Dauer war es anstrengend, der Sprache mit dem texanischen Akzent zu folgen.

„Vielen Dank. Ich freue mich, sie endlich kennenzulernen, Miss Evans."

„Ach bitte, sag Mary zu mir. So nennt mich hier jeder."

Sie hakte sich bei Laura unter und führte sie durch das Haus. Es hatte große Ähnlichkeit mit dem von Glenn, war aber mit vielen Fotos ausgestattet, die Lachende Kinder verschiedenen Alters zeigten.

„Ich muss mich für meinen Sohn entschuldigen. Was er dir angetan hat, war unmöglich."

„Was denn angetan hat?" Laura war etwas verwirrt.

„Die Hochzeit in Las Vegas und seine Lüge mit dem Familienbetrieb. Er hat uns alles gebeichtet und ziemlich Ärger von mir bekommen."

Laura lächelte. „Ja, ich hab das schon gehört."

„Glenn dachte bestimmt, dass es bei ihm genauso klappen könnte. Ich habe meinen Mann vor fünfunddreißig Jahren auch aus einer kleinen Lüge heraus geheiratet. Aber ich habe es nicht einmal bereut."

„Ich hoffe, dass ich es auch in fünfunddreißig Jahren sagen kann."

„Bist du Glenn nicht mehr böse?"

„Nein, ich wollte ihn mit der Scheidung dazu bringen, mir seine wahren Gefühle zu zeigen. Ich wollte wissen, ob ihm wirklich etwas an mir liegt oder ob ich nur ein Geschäft für ihn war, wie ich es die ganze Zeit dachte. Er hat die Probe bestanden und ich hoffe, dass er jetzt keine Geheimnisse mehr vor mir hat und mir ehrlich sagt, was er vorhat."

Glenn, der hinter Laura gegangen war, griff nach ihrer Hand und zog sie zu sich.

„Das verspreche ich dir hiermit hoch und heilig, mein Schatz. Meine Eltern sind Zeuge und dürfen mich übers Knie legen, wenn ich mein Versprechen brechen sollte."

Mary lachte auf. „Als wenn ich das in meinem Alter noch schaffen würde!"

Nach der Hausführung setzten sie sich zusammen an den großen Esstisch, der in einem gewaltigen Raum stand. Ein prunkvoller Kronleuchter schwebte über der Mitte des Tisches. Die Blumen, die Laura mitgebracht hatte, standen direkt darunter. Glenn saß neben Laura und ihre Eltern saßen ihnen gegenüber. Laura erzählte von Hamburg und Mary hörte ihr neugierig zu.

„Es ist schon so lange her, dass ich in meiner alten Heimat war."

„Das wird sich jetzt ändern", meinte Glenn, „denn wir werden uns ein Haus in Hamburg kaufen. Wenn wir in Deutschland sind, kannst du uns gerne besuchen kommen." Laura stimmte zu und Mary war entzückt.

Nach dem Essen ließen sie den Abend mit gekühlten Getränken auf der Terrasse ausklingen. Laura wurden Geschichten aus Glenns Kindheit erzählt. Sie lachten zusammen und sie lernte den Mann, den sie vor Monaten geheiratet hatte, immer besser kennen. Sie erfuhr, dass Glenn noch eine Schwester hatte. Sie war bereits verheiratet und lebte mit ihrem Mann und den zwei Kindern in San Francisco.

Umso mehr freute sich Mary, dass auch Glenn endlich seine Traumfrau gefunden hatte. Der Abend verging viel zu schnell und nachdem sie sich von Glenns Eltern verabschiedet hatten, fuhren sie zurück zu ihrem Anwesen. Glenn hielt Laura eng an sich geschmiegt auf der Rückbank und drückte ihr immer wieder Küsse auf die Stirn.
„Deine Eltern sind sehr nett."
„Sie mögen dich auch sehr gerne. Das hat mir meine Mutter gesagt, als ich mit ihr zusammen in der Küche war." Wieder küsste er sie.
„Ich habe diesen Abend sehr genossen und viel gelacht."
„Hättest nicht gedacht, dass es sich für dich doch noch so gut entwickeln würde, oder?"
Er lachte wieder. „Nein, nachdem du Amerika verlassen hattest, dachte ich schon, ich würde dich nie wieder sehen. Dass wir wirklich mal als Mann und Frau bei meinen Eltern zu Besuch sind, damit hab ich nie gerechnet."

Eine Woche später flogen beide zusammen nach Hamburg zurück. Glenns Makler hatte einige Häuser für sie zur Besichtigung heraus gesucht und sie fuhren von einem Objekt zum nächsten. Laura hatte sofort ein Haus als Favoriten auserkoren, dennoch wollten beide ein paar Tage Bedenkzeit, bevor sie sich zum Kauf entschieden. Als Patrik hörte, dass Glenn in Hamburg war, erklärte er sich sofort bereit, ihn durch die Stadt zu führen und die besten Sehenswürdigkeiten zu zeigen. Er führte Glenn durch die Speicherstadt, auf den Michel und zeigte ihm die Reeperbahn mit der berühmten Davidwache und Herbertstraße. Laura hatte mit ihrem Chef gesprochen, ihre ursprüngliche Stelle gekündigt und arbeitete die letzten Tage bis zu ihrem Resturlaub. Nach den freien Tagen würde sie als Auslandsreporterin monatlich eine kleine Rubrik schreiben. Sie würde der Firma nicht ganz den Rücken kehren. Glenn und Laura entschieden sich für das Haus, das sie ins Auge gefasst hatte und sein Assistent kümmerte sich um die formellen Dinge. Laura hatte wieder mehr Zeit, sich um die Hochzeit ihrer Schwester zu kümmern. Und um ihre eigene Hochzeitsfeier. Abends saß sie in ihrer Wohnung, die sie sich mit Glenn teilte und notierte Familienangehörige und Freunde auf einer Liste. Sie strich so manchen wieder weg, schrieb andere Namen dazu.

„Hast du Patrik schon aufgeschrieben?"

„Ich war mir nicht sicher." Laura kaute auf ihrer Unterlippe.

„Als Trauzeuge sollte er schon dabei sein.", fand Glenn.

Seit ihrer Trennung hatte sich zwischen Laura und Patrik eine gute Freundschaft entwickelt. Sie konnte mit ihm wieder normal umgehen. Dennoch hatte sie ein komisches Gefühl bei dem Gedanken, dass er auf ihrer Feier zu viel trinken könnte. Wie würde er sich dann verhalten? Würde er wieder ausfallend werden? Doch dann dachte sie an die Situationen mit Glenn. Wie er dazwischen gegangen war und Patrik gebremst hatte. Glenn würde es auch diesmal wieder machen, wenn Patrik übertreiben sollte. Sie schrieb seinen Namen mit auf die Liste.

Die Hochzeitsfeier von Lauras Schwester war vorbei. Sie war mit Glenn dort gewesen und er lernte ihre ganze Familie kennen. Dass sie bereits verheiratet waren, störte niemanden. Patrik war auch da. Sie verstanden sich gut zu dritt. Das Getuschel und die Blicke von Birgits Freunden störten sie nur anfangs ein wenig. Als sie jedoch bemerkt hatte, wie gut Glenn von ihrer Familie aufgenommen wurde, achtete sie gar nicht mehr auf Birgits Freunde. Sie genoss den Abend und freute sich über das Gesicht ihrer Schwester, als sie ihr mit

Glenn zusammen den Schlüssel für das Haus überreichte. Die Hochzeit war ein unvergessliches Ereignis gewesen. Einladungen für ihre eigene Hochzeitsfeier verteilten sie einige Tage später. Während ihre Schwester in die Flitterwochen reiste, bereitete sich Glenn auf den Rückflug vor. Er hatte noch wichtige, geschäftliche Dinge zu erledigen. Laura wollte ein paar Tage später mit ihrer Mutter nachkommen. Ihre Wohnung war gekündigt und die Möbelpacker waren für den nächsten Tag bestellt. Als Glenn sich von ihr verabschiedete, fiel es beiden schwer, sich zu trennen. Immer wieder nahmen sie sich in den Arm, küssten sich, hielten sich fest und konnten einander nicht mehr loslassen.

„Es sind nur drei Tage. Das sind zweiundsiebzig Stunden."
Versuchte Glenn Laura zu trösten.

„Nicht mal zweiundsiebzig Stunden. Denk an die Zeitverschiebung."
Wieder küssten sie sich. Widerwillig löste sich Glenn von ihr. „Wenn ich jetzt nicht gehe, verpasse ich meinen Flieger." Er hielt kurz inne. „Wobei mein Pilot eh erst fliegt, wenn ich da bin."
Sie verabschiedeten sich mit gefühlten hundert Küssen voneinander. Laura sah Glenn hinterher, schloss dann die Tür und lehnte sich von innen dagegen. Sie vermisste ihn schon jetzt furchtbar.

Die drei Tage vergingen viel zu langsam. Doch endlich saß sie im Flugzeug mit Ziel Amerika. Lauras Mutter lag neben ihr im Sitz und schlief. Nur wenige Stunden, bis sie Glenn in ihre Arme schließen konnte. Dennoch war sie voller Ungeduld. Sie wollte nicht länger warten, wollte am liebsten ins Cockpit stürmen und den Piloten sagen, sie sollten gefälligst schneller fliegen. Doch ihre Beine bewegten sich kein Stück. Sie blieb auf ihrem Platz sitzen und rührte sich nicht. Frustriert schaute sie zum Fenster raus. Der dunkle

Nachthimmel war übersät mit tausenden von funkelnden Sternen. Wie kleine, glitzernde Diamanten. Endlich übermannte sie die Müdigkeit und sie schlief ein. Geweckt wurde sie von einer Stewardess, die ihr Bescheid gab, dass sie zur Landung ansetzten. Laura war plötzlich hellwach, auch wenn ihre Mutter sie mit einem mitleidigen Blick musterte. „Du siehst ja grauenhaft aus. So müde."
Es war ihr egal. Vom Flughafen war es nur noch eine Stunde, bis sie bei Glenn war. Sofern sie ihren Koffer schnell bekam. Das Flugzeug landete, sie verließen es, bekamen ihre Koffer und traten aus dem Terminal hinaus in die Sonne. Glenns Chauffeur sah sie schon von weitem und kam ihr entgegen. Laura war enttäuscht, dass nicht Glenn selbst am Flughafen wartete.
„Miss Laura, schön sie zu sehen. Ich hoffe, sie hatten einen angenehmen Flug."
Er fasste sich an seine Mütze und nickte ihrer Mutter zu: „Mam, Willkommen in Amerika."
„Wo ist mein Mann?"
„Es tut mir leid, er wollte gerne kommen, aber eine geschäftliche Telefonkonferenz ließ es nicht zu, dass er persönlich kommen konnte."
Nachdem das Gepäck im Auto verstaut war, fuhren sie in der klimatisierten Limousine los. Lauras Mutter war nervös und hörte nicht mehr auf zu reden. Laura ging es nicht anders. Sie erzählte ihr von Conchita und Pedro, von dem Haus, dem Pool und der wunderbaren Veranda. Sie waren wie zwei schnatternde Gänse, die man aufgeschreckt hatte. Langsam passierte der Wagen das große, eiserne Tor zur Ranch und ihre Mutter blieb schlagartig still. Sie war überwältigt und schaute nonstop nach draußen. Auch Laura sagte kein Wort mehr. Völlig nervös schaute sie nach vorne und spähte

nach dem Haus. Bald würde es in Sicht kommen. Ob Glenn draußen war? Doch als die Mauern zu erkennen waren, war keine Person zu sehen. Der Wagen hielt an und sie stieg aus. Als könne sie alleine nicht stehen, klammerte sie sich an die Tür. Ein Schatten an der Eingangstür hinter dem Moskitonetz erschien. Lauras Herz setzte für einen Moment aus. Da war er. Groß und lässig gekleidet: in Jeans und hochgekrempeltem Hemd kam er heraus. Seine Augen weiteten sich vor Freude, als er sie erblickte. Er begann, in ihre Richtung zu gehen. Glenn nahm immer zwei Stufen während er die Verandatreppe hinunter rannte. Ohne es zu merken, hatte Laura sich vom Wagen losgelassen und lief ihm entgegen. Kurz, bevor sie einander erreicht hatten, blieb er abrupt stehen und sah sie an, als konnte er nicht glauben, sie vor sich stehen zu haben. Ein breites Grinsen zog sich über sein Gesicht und mit seinen starken Armen, die die Hemdsärmel fast zum Platzen brachten, zog er sie sanft in eine feste Umarmung.

„Endlich, du bist da! Ich habe dich so vermisst!"

Sie fühlte sich wohl in seinen Armen und sog seinen Duft ein. Wie konnte sie so lange ohne sein? Es waren nur drei Tage, doch es kam ihr vor, wie eine Ewigkeit. Er küsste sie mit solcher Leidenschaft, dass sie sofort wusste: Sie war zuhause angekommen.

-Ende-

Herstellung und Verlag:
BoD-Books on Demand, Norderstedt
ISBN: 978-3-7322-5066-0